Dobras da noite

Chico Lopes

Dobras da noite

contos

IMS
INSTITUTO MOREIRA SALLES

Capa
Manu Maltez de Almeida

Editoração
Lilian Queiroz – In Design

Coordenação e edição
Instituto Moreira Salles

Revisão
Maria Sylvia Corrêa

Dados Internacionais de Catalogação na Publicação (CIP)
(Câmara Brasileira do Livro, SP, Brasil)

Lopes, Chico, 1952 –
Dobras da noite: contos / Chico Lopes. – São Paulo: Instituto Moreira Salles, 2004.

ISBN: 85-86707-10 - 4

1. Contos brasileiros I. Título.

04-6383 CDD-869.93

Índices para catálogo sistemático:

1. Contos: Literatura brasileira 869.93

Printed in Brazil, 2004.
Foi feito o depósito legal.

INSTITUTO MOREIRA SALLES

Av. Paulista, 1.294, 14º andar, CEP: 01310-915, São Paulo-SP.
Tel.: (11) 3371-4455; fax: 3371-4497.
Internet – http://www.ims.com.br
E-mail: ims@ims.com.br

IMS
INSTITUTO MOREIRA SALLES

Mantenedor:
UNIBANCO

Sumário

"Quando se fala no solitário, sempre se pressupõe coisas demais. Pensamos que as pessoas sabem do que se trata. Não, não sabem. Nunca viram um solitário, apenas o odeiam sem o conhecer. Foram seus vizinhos que o desgastaram, foram as vozes no quarto ao lado que o tentaram. Incitaram contra ele os objetos, para que, fazendo barulho, superassem sua voz. As crianças se aliavam contra ele, porque era delicado, era uma criança também, e, crescendo, crescia contra os adultos. Encaravam-no em seu esconderijo como a um animal de caça, e não teve tréguas na sua prolongada juventude. Quando não se deixava derrubar pelo cansaço, e escapava, gritava por causa daquilo que emanava dele, dizendo que era repulsivo e suspeito. E, se não lhes desse ouvidos, tornavam-se mais explícitos, comiam seu alimento, respiravam seu ar, cuspiam na sua comida para que a achasse repugnante. Difamavam-no, como se sofresse de alguma doença contagiosa, jogavam-lhe pedras para que se afastasse mais depressa. E no seu instinto ancestral tinham razão: pois ele era realmente seu inimigo."

Rainer Maria Rilke,
Os cadernos de Malte Laurids Brigge

O manco

Quando viu o homem dobrando a esquina, afundou-se à mesa do barzinho, posta numa calçada pela qual, inevitável, ele passaria. Não estava muito longe, mas andava devagar, conduzindo penosamente a perna direita, sem olhar para nada ou ninguém, cabisbaixo, ponta de cigarro na boca. Tremeu: ali, na mesa, seria visto, e ele se aproximava; levantou-se, recuou para dentro do bar, simulou interesse por alguma coisa lá no fundo para ficar de costas para a rua. Estático, esperando que a ameaça passasse, ouviu atrás de si uns passinhos difíceis e aspirou o cheiro – mistura de colônia fora de moda e desinfetante de roupa – de alguém que entrava. A voz, pedindo cerveja. Ele.

Havia a esperança de não ser reconhecido; tinha virado o rosto para a parede, para um cartaz anunciando um refrigerante em verdes, laranjas e carmins. Mas sabia, sentia-se olhado. "Oi, Dida", ele disse, baixinho.

Não respondeu. Ele não se importou, pondo a mão direita sobre seu ombro com indulgência, com confiança. Morava havia dez, onze anos nessa nova cidade e ninguém conhecia esse seu apelido; só por tê-lo usado, indiferente a todos os esforços que ele fizera para mudar, o seu velho conhecido era odioso. Mas, tinha de resignar-se; com um repuxo, conseguiu livrar-se da mão afetuosa e fitou-o bem nos olhos, hostil, à espera. "Vamos sentar?" – o homem apontou a mesa que ele deixara vazia na calçada. Seguiu-o.

Em B., ele tinha sido aquilo – o grande, o insuperável Edgar Valdez do programa "Uma voz na noite". O que era a voz? A benção, a delícia, os tremores de sua mãe junto ao rádio, que ficava sobre a cristaleira, ao lado de um bibelô de noivinhos. E era, além da voz anunciando tangos e boleros e lendo poemas, o homem que descia a rua 10 e de lá da calçada, sob o tamarindeiro, mandava beijinhos para a janela onde ela não ousava aparecer. Lembrava-se da mãe perguntando se o vira na cidade, em algum dos bares, quando chegava da escola; dona Dalva era tímida, respeitosa, mas amiudava as idas à janela, ansiosa pela aparição sob o tamarindeiro. Ele era um menino, tinha medo, não saberia protegê-la, expulsá-lo, como ela parecia pedir, mas como entendê-la, se, querendo, exigindo uma atitude dura, ela a um tempo suspirava por ele?

Bom, tanto tempo, eis Edgar Valdez. Mudado, bem mudado. Não conversavam, o homem bebericava a cerveja e permitia os olhares com os quais ele se assenhorava das mudanças e lia impudicamente o que quisesse. Estava bem mais velho, onde os cabelos e a barba negra célebres por fazerem contraste com uns olhos verdes também famosos? Grisalho, meio calvo, a barba rala, pontinhos brancos emergindo do rosto liso como sinais de falta de asseio, feito fosse um descuidado recém-saído de presídio ou hospital; uma prótese dentária em mau estado; nas costas das mãos, manchas talvez prematuras para esses 55 a 58 anos; o cansaço consumado de uma vida de venenos estava ali, inequívoco; segurava o copo com insegurança e parecia lento, muito lento, embora indiferente – e talvez superior – ao que de pior ele pudesse pensar. Esses sinais de decadência só não o deixaram completamente feliz porque a beleza dele resistia.

Havia a perna. Não conseguia deixar de olhá-la e tinha que esforçar-se para ele não notar essa avidez pelo defeito, que lhe parecia surpreendente – não chegara a achá-lo invulnerável, nos velhos tempos? – e repulsivo. Os olhos iam para aquele ponto contra a sua vontade. Usava um jeans velho, barras puídas, os sapatos rotos (hipnotizava-o o detalhe de um deles estar sem cordão). Fora um homem que se vestia ousadamente bem para os padrões tímidos e apagados de B., naqueles anos; agora, estava com roupa dos outros, sob uma camiseta azul-claro onde se lia "Leo" e se via um leão de astrologia estilizado na estampa. Mas, ardia pela perna sob o jeans, e, embora excitado, não podia, não devia perguntar. "Bebe, Dida", ele pediu, a voz débil, empurrando-lhe uma nova cerveja que chegava. "Não bebo mais. Nem fumo...", respondeu.

– Você se casou, né? Tem um filho...

– Sim. Como veio parar aqui? – disparou. A pergunta era cheia de apreensão e hostilidade, de tal modo que o outro suspirou, recuando um pouco. Pensou bastante para responder que não tinha rumo, que "viajava", desviando sua atenção para a rua de pouco trânsito e apontando um casarão verde-escuro mais para baixo, do outro lado; ele olhou para a placa e leu "dormitório Santa Catarina". "Estou ali", disse, fatigado. "Pardieiro", ele pensou. Era um lugar por cuja calçada passava de vez em quando, enjoando-se com os cheiros misturados de comida e mijo.

Não queria simplesmente que esse homem estivesse ali, numa cidade que era outra e sua, agora. Há algo de detestável nisso de não se poder controlar entradas e saídas indesejáveis num lugar onde moramos com a certeza de residência fixa, abençoada, reconhecida, imune a um passado que ficaria melhor decididamente esquecido. Temia lhe falar da família, temia sentir compaixão, dar-lhe o endereço e ele aparecer para um almoço, fazer observações imprevisíveis sobre coisas que Edith não tinha que saber. Pensando nela, levantou-se e, sem pedir licença ao homem, foi a um orelhão próximo. Não tinha nada que dizer – era um feriado e fora ao centro da cidade apenas para comprar jornal, passear um pouco, mas a voz dela lhe daria uma forma de familiaridade, de segurança, lhe devolveria contornos firmes. Falaram-se. Ao voltar, Valdez já se levantava e ia para o balcão devagar – aquela perna, aquela perna! –, mexendo no bolso para pagar a conta. Chegou antes, abriu a carteira – que ele visse que tinha dinheiro, que era bem capaz de ganhá-lo, bastante – e pagou-a, sob um protesto dele, muito débil. Pediu um maço de cigarros também. Lembrava-se da marca, hoje com filtro. Ele aceitou, resignado.

Passeavam juntos. Desde a morte do pai, ela o queria a seu lado na rua, protegendo-o dos olhares, dos cicios. Mas era inevitável, desde que a voz no rádio a atingira, que passasse por certo bar, precisamente aquele que evitava por ter homens demais, sempre, à porta. Valdez às vezes estava lá. Era uma espécie de mercearia e o cheiro de cachaça misturava-se ao de sardinhas em salmoura expostas em grandes latas nas prateleiras que davam para a rua. O homem cruzava as pernas, o cigarro na boca, o copo na mão, e outros olhares masculinos acompanhavam seu rito de oferecimento irônico à mulher que passava. Envergonhada, ela se apressava. Quanto a ele, cabia-lhe apenas revoltar-se por essa procura tola e seguir a mãe, vacilante, medindo-se até onde podia com a figura de homem consumado que se postava lá, disponível a ela. Saía naturalmente inferiorizado da comparação e a pegava pelo braço com energia, mais à frente. "Que foi, Dida? Me machuca, assim!...". "A senhora não tinha que se humilhar desse jeito...". "Que é isso? Não estou fazendo nada..." – parava para cutucar uma pedra do calçamento com a sombrinha amarela e ficava pensando – "Olha, eu preciso te dizer: ele é muito moço pra mim, eu sei que está errado, mas não vou sair da linha, compreende? Não vou trair a memória do Lindolfo de jeito nenhum, meu querido..."

Que é que se sabia de Valdez? Por uns tempos andara sendo visto pelos lados da represa com uma senhora que, escândalo, mas nem tanto, traía o marido com quantos – desde que bonitões – pudesse; apresentava-se com as orquestras e conjuntos cantando o que se pedia nos dois clubes da cidade e em casas de senhoras, nas quais sabia-se que ensinava violão; usava camisas coloridas, entreabertas para o peito de muitos pêlos, numa época em que ninguém se atrevia a tanto; de conversa fácil, estava tanto ali, entre os tipos cruéis, desleixados e ríspidos do bar-mercearia, quanto em imprevisíveis lugares de certo luxo, circulando entre mulheres dadas à pintura, artistas e alguns outros presunçosos da Academia Lítero-Musical, onde se recitava Bandeira e se cantava música de fossa e bossa-nova. Bom para pegar canções novas rapidamente, o violão dócil, o olhar verde entregando-se, difuso, a todas que prestassem atenção àquela voz que parecia abafada, quente, tão insinuante que já parecia não um pedido, mas uma ordem erótica bem-sucedida. Depois, bem depois, soube-se que Virgínia Moura, até aí fiel ao fazendeiro rico com quem se casara, vacilara numa aula de violão com ele.

Não era verdade, garantia. "Nem essa nem outras histórias, Dida", dizia, já com lugar cativo no sofá vermelhão da sala, servido de limonada e muito aplicado em buscar, no braço do instrumento, umas notas que dariam início a "Cansado de tanto amar/ eu quis um dia criar/ na minha imaginação...". E a "mulher diferente/ de olhar e voz envolvente" servia-lhe mais limonada.

Não tinha vindo de lugar algum das proximidades, que se soubesse. Numa certa tarde, apareceu com a mala pequena na pensão da Iracy. Arrancou-se da mulher que tinha nascido numa metrópole, segundo um documento; isso explicaria alguns modos, achava-se que em geral os que vinham de lá tinham mais desenvoltura, menos amor às convenções e uma lábia a ser temida. Dava "cantor" como profissão. Tinha havido um parente na cidade, que lhe falara do lugar. Achara muito belas e particularmente originais as mangueiras na praça, incomumente vasta, "nunca vi nada tão bonito assim, no interior". Iracy o jurava bom pagador. Outros bares esperavam, para as muitas cachaças e cervejas tomadas, um acerto que tardava.

Do alto da escada, luz apagada, ele estava livre em seu canto para olhá-los lá embaixo. A mãe permanecia imóvel, receosa, embevecida, no seu sofá, enquanto ele cantava ou parava para dizer o que ele, o maior interessado, só podia adivinhar. Gostava que a mãe balançasse a cabeça, incrédula, ou reagisse como uma mulher virtuosa, que, Deus, outra coisa não era... "Pois bem, mãe, agora a senhora se levanta, se afasta, faz de conta que não ouviu nada disso!", ordenava, crendo guiá-la infalivelmente com seu pensamento. Ela fazia exatamente isso, para seu alívio... E, se Valdez insistisse no que fosse de obsceno que dizia lá, ela erguia o indicador para a direção no alto onde ele estava em seu posto, lembrando – oh, era muito sensata! – que tinha, afinal, um filho e que este a vigiava. Valdez olhava para a direção apontada e ria, tranqüilo. Então, um desafio entre ambos? Veríamos quem venceria.

Lindolfo fora um homem calmo, dedicado ao trabalho na prefeitura – um contador cujo rigor com números e excessivo amor aos horários eram respeitados e escarnecidos. Em casa, era dado a algumas estranhezas culinárias – para o gosto estritamente trivial da mulher e dos parentes – e à criação de pássaros. Nada indicava que morreria tão cedo, com um filho ainda nos seis anos. Dida lembrava-se do dia, da correria inexplicável, das conversas ao muro, dos parentes atabalhoados, da mãe desmaiada no quarto, cercada por mulheres que se revezavam em copos de água com açúcar e calmantes. O pai saíra sem explicar para onde e voltava pela rua em declive quando caiu, um pacote de alpiste se arrebentando e espalhando a semente pelo asfalto; um caminhão tinha freado muito perto de seu corpo e o motorista mal acreditava que estivera para atropelar o "seu Macedo dos canários". Lembrava-se de um aposento vasto cheio de gente, a mistura de choros, rezas, o corpo excessivamente coberto de flores no caixão, os pássaros desenfreados nas gaiolas da varanda próxima. Dona Dalva, dizia-se, estava meio "variada", mas vestira-se bem, perfumara-se; a cor do batom parecia-lhe estranha, um quase-roxo que nunca usara.

Ali estavam algumas de suas coisas – quadros com vistas da cidade, o inevitável poema de Kipling, uma estante com alguns poucos títulos policiais misturados a enciclopédias populares e livros católicos. Havia uma gaveta para velhas roupas – calças, ceroulas, gravatas, caixas de lenços, e, num canto, um maço vazio de Fulgor. Sobre o guarda-roupa, uma grande caixa redonda guardava um imaculado chapéu Cury cinzento. Numa fotografia sobre a cômoda, ele apontava, com um sorriso apagado, entre os amigos de um time de futebol; o calção lhe ficara muito comprido, era magro demais para o uniforme, mas o bigode era cuidado, o cabelo de um crespo romântico, as sobrancelhas fartas, os olhos vivos, e tinha uma segurança máscula que explicava a veneração da mãe. Ficaria alto como ele? Teria um bigode tão bem desenhado? Os pêlos no rosto lhe tardavam e ele achava inaceitável essa pele, esse corpo tão liso, tão branco, tão angélico, que às vezes a mãe avaliava de esguelha, com dúvidas.

Era tirar os olhos da fotografia sobre a cômoda e olhar pela janela, afastando um pouco a cortina, para vê-lo, Valdez, conversando com a mãe ao portão ou, vez que outra, misturando-se aos moleques do quarteirão para chutar bola, empinar papagaio, solto, gozador. A mulher o olhava, enternecida, incrédula – seu marmanjo adorado, com os pequenos... Surpreendia-os perto do córrego que ficava no fim do quarteirão, saindo aos risos de um trecho de mato, e pior: tinha que suportar quando ele se ausentava – sem explicar-se, porque seria indigno de seu charme e de sua habilidade prestar contas de seus passos a uma adoradora – e, inquieta, tentando disfarçar uma ansiedade que a fazia precipitar-se à janela e consumir muitos cigarros, ligar e desligar o rádio ininterruptamente, ela perdia por completo o sono. Sua sombra lépida passava-lhe pela fresta da porta do quarto, alongava-se no corredor, era tragada pela curva da escada para a sala, roçava nos móveis, precipitava-se na varanda da frente com um suspiro vago e consumia-se por dias, às vezes semanas, numa espera sobressaltada e infrutífera. A casa, naturalmente, ficava desarrumada, e ele desanimava em apanhar a vassoura, mas ocupava-se um pouco da louça, observava com apreensão suas inúmeras saídas, que iam ter no bar-mercearia, onde podia imaginar o que os freqüentadores diziam dessa busca.

"Vira essa fotografia pra lá, por favor", ela pedia, apontando a cômoda, ao conversar com ele no quarto – nada de importante, trivialidades nervosas com que procurava distrair-se do pensamento único. Ele não a obedecia – que outro protesto tinha a oferecer além de seu silêncio e o silêncio do pai? Mas, não adiantava: saberia que Valdez tinha voltado quando, subitamente, estava de roupa nova e improvisava cosméticos desconhecidos de sua inescrutável penteadeira e agitava-se pela casa cantarolando, falando sozinha, num contentamento que mais parecia uma crise de exasperação, de alívio maníaco. Tempos depois, era obrigado a notar que até o dinheiro da casa – o único dinheiro que tinham, que lhes ficara de Lindolfo – escasseava. E que ela chegava tarde, em meio a risos e conversas, em carros cujos donos ele não se atrevia a saber quais, sem coragem para abrir a janela.

Tempo de obscuridades, de cicios, de gente passando disfarçada, gestos pela metade, conversas aos pedaços, risadas, gritinhos de imperdoável vulgaridade, e ele quase não via Valdez – parecia apenas saber de sua existência, infalível, porque ela estava bem. Já não era freqüente em sua casa, mas dera com ele numa rua escura, numa noite em que voltava do cinema, e pararam para medir-se, francamente. Ele mostrou-se tranqüilo, dizendo um "Oi, menino" que lhe parecera odioso. Mãos nos bolsos, tinha o corpo projetado e satisfeito de uma maneira deliberadamente ofensiva; deixava claro que a disputa continuava e "bem, azar o seu, querido, você está perdendo, perdendo feio..." Aquela voz, aquela pose, aquela satisfação pareciam-lhe letais porque pareciam a voz, a pose e a satisfação de toda uma humanidade masculina sobre a qual a mãe não soubera impor-se, da qual não pudera – por seduzida – esquivar-se; essa horda tinha razão, porque vencera, já que não concebia outra razão além daquelas fornecidas pela vitória, não importando os meios. A covardia era horrível e ele tinha de segui-la, ser contagiado – se não o fosse, não pertenceria a seu sexo, seria anátema, exílio, abismo. Só podia dar-se por derrotado, mas era momentâneo; nunca o perdoariam se ele não lutasse mais, se ele não se mostrasse um igual e utilizasse aquelas armas que a idade ainda não lhe podia dar.

Numa noite, ao chegar em casa e abrir a porta da sala, viu-o no escuro, encaminhando-se para o banheiro. Depois, voltou e, olhando-o, não pareceu nem um pouco surpreso: sem camisa, muito à vontade, subiu a escada, indo para o quarto. Era demais, e ele subiu também, contendo sua fúria em passos bem contados. Não foi no quarto dela, mas no seu, que ele entrou, deixando a porta aberta para patentear desprezo. Sabia que ele, o menor, o inepto, o "menino", veria o que viu: ele despindo-se, ela à espera. Antes que começassem, ela fez um gesto, apontando para o alto. Ele entendeu, desceu a grande caixa redonda, abriu-a e pôs o chapéu de Lindolfo. Enquanto ela fazia o que tinha de fazer e ele lhe segurava a cabeça junto à cintura, olhava para a porta onde ele se plantara e sorria largo – mais que tudo, era a sofreguidão, a servidão, a avacalhação da mãe o que queria que o filho testemunhasse.

Pensão da Iracy. Fora procurá-lo lá, numa noite de uma ausência de muitos meses, quando a mãe lhe rogara que o fizesse, não podendo sair da cama, fraca demais, dores nos pés que a impediam de andar. Ele não estava, mas pedira a Iracy e vira o quarto – era esse então o esconderijo, ali o violão, roupas jogadas, meias num canto, em outro alguns pares de sapatos, revistas, livros, o cheiro inevitável de um nicho masculino desleixado, caverna, acampamento. "Ele sai muito, sabe? Viaja, vive por aí... Mas volta, claro. Às vezes de madrugada, sei lá a hora... Confio, deixo a chave. Às vezes, traz uns amigos... Não fazem algazarra não..." – disse Iracy; parecia divertir-se com alguma lembrança de que nada falaria – "Meio sem juízo, o Clóvis...". "Que é... Clóvis?". "É, é o nome dele, nos documentos, que eu vi, ora... Edgar Valdez, você não achava que era isso não, né? Tem jeito de nome de artista de circo, artista argentino... Clóvis, prefiro este. Enfim, é problema dele..." A todo momento o nome de sua mãe pairava, estava a nadinha para ser pronunciado; Iracy sabia – como todos sabiam – e talvez até estivesse contente em que ele voltasse para casa sem saber o paradeiro dele, sem ter o que dar à mãe.

Não o viram mais. Boatos davam-no num circo da cidade mais importante da região, de que B. era um dos apêndices; fora visto na capital, mas deslizara em fuga ao topar com um dos credores que deixara ali; em N., aparecera na rádio e fora visto cantando num conjunto de rock que se formava, o cabelo crescido; a barba negra incomum e os olhos verdes foram idolatrados por mais alguém em D.; misturado aos ciganos em V.; alguém que imitava Trini Lopez muito bem talvez fosse ele, e o nome era Edgar Ramirez, num programa de uma rádio de outro estado.

Dida a olhava enquanto ela olhava pela janela, forçando os olhos na esperança de que uma presença se definisse. Resignava-se com a falta de resultado, mas nada mais fazia, recusando-se a comer, até. Não tinha o que dizer e ele nada perguntava. Por vezes, saía. Sabia o que ela fazia: percorria uma por uma, obcecada em manter o mesmíssimo caminho, as ruas que a levavam ao bar-mercearia, ruas em que andavam juntos. O alheamento a poupava de ouvir o que se dizia à sua passagem. Era só dele a missão de saber, de assimilar a vergonha. E de espanar e manter em pé, na cômoda, a fotografia do pai.

Por que o seguia? – podia muito bem tê-lo abandonado lá atrás, no bar, ter-se contentado com a humilhação de lhe comprar o cigarro. Mas ele se aprumara quanto pudera, com aquela perna que devia – oh, maravilha! – doer muito, e se pusera à frente como se soubesse que seria inevitavelmente seguido. Iam para o dormitório. Orgulhoso de poder contar com o uso sadio e integral das suas pernas, caminhava devagar, satisfeito, como que procurando chamar-lhe a atenção para essa superioridade. Valdez não o olhava.

Oh, esses lugares! chamem-se as proprietárias Iracy ou qualquer outro nome, chamem-se eles Santa Catarina, Nossa Senhora Aparecida, São Jorge, Santo Antônio, são sempre assim, esses rostos que olham hostis, malévolos, com uma curiosidade estúpida, essas figuras que ficarão por pouco tempo e por isso, longe de casa e de interdições, podem estar dispostas a muita coisa, esses corredores, esses banheiros, essas pias, essas cozinhas com mulheres obtusas à beira de panelas prestando atenção aos que chegam ou xingando por algum motivo, esses "passos-pretos" piando em algum canto, esses gatos cujas caras curiosas e logo fugitivas emergem de alguma porta, esses olhares, esses olhares...

Valdez já era conhecido ali, cumprimentava algumas pessoas, com um sorriso meio dolorido. Mesmo mancando, tinha um porte, não deixara de ser um homem para quem uma mulher olharia e que um outro avaliaria com cuidado. De tanto observar-lhe a perna e deleitar-se, começou a sentir-se mal consigo mesmo – a satisfação, ao prolongar-se, era nauseante. Começou a olhar para o homem tentando não julgá-lo, tentando esquecer-se da mãe, e estava cabisbaixo, contrito, quando entrou em seu quarto. Ele fechou a porta e lhe pediu, com um gesto vago, que se sentasse na cama, não havia cadeira. Parecia apreensivo. Postou-se à janela, que dava para nada além de um monte alto de lenha.

– Como é tua mulher? – perguntou, inesperadamente.

Ele não sabia o que responder e surpreendeu-se trêmulo, assustado, como se, respondendo, fosse abrir um flanco pelo qual abominações poderiam entrar.

– ... e o teu filho... o menino?

Continuou mudo. Não sabia o que fazer com as mãos e com a cara, que devia estar deixando patente o nojo que sentia do cheiro do quarto; temia virar o rosto e perder algum dos movimentos que ele fazia, indo da janela para cá e para lá e, finalmente, ele pareceu resignar-se a alguma coisa já pensada, abriu o guarda-roupa, agachou-se para remexer em algo, com um gemido que lhe escapou. Achou que era o momento de arriscar: – Me diz... Essa perna, isso... O que foi?

Ele não respondeu, só balançou a cabeça, como se a possibilidade, a energia de uma explicação estivesse completamente fora de seu alcance. O que pegara do móvel? Um revólver. Levantou-se da cama, pálido, e recuou, apalpando o que lhe podia estar atrás, porta ou parede – não falava, apenas fazia negações com a cabeça, com o indicador, dividido entre tentar rogar para que não disparasse e avaliar esguelhas de fuga possível; "pelo amor de Deus", conseguiu dizer, enquanto ele ia olhando para a arma e sentando-se no mesmo ponto da cama onde ele estivera. Quando falou, fê-lo a pouca voz, meio como se fosse rir ou de sua própria situação ou do pavor que ele não podia esconder:

– Me faz um favor, Dida... Ali, naquele caixote... Pega uma garrafa pra mim...

Ele deu os passos necessários, admirando-se de consegui-los, pegou o que era uma das marcas mais baratas de cachaça, já metade bebida, e lhe entregou. Tomou rápido tudo quanto pôde. E, barba molhada, olhos vermelhos, sorriu um pouco: – Toma isto... – oferecia-lhe o revólver. – Pode começar atirando aqui – apontou-lhe a perna, sem olhar, com exaustão e desprezo.

Nunca tivera um na mão, nunca os imaginara tão pesados, difíceis; ridiculamente, o pusera nas duas, que estendia, trêmulo, feito carregasse um bebê ou um bicho vivo que não podia lhe cair. Gritou, atirou-o para perto do colo dele e se precipitou para a porta.

Correu, correu o que parecia uma extensão para além do que poderia medir e, no entanto, era apenas isso, o caminho de um corredor, passando por um refeitório, descendo para a calçada, para o alívio de um mundo cheio de outras pessoas. Mas, na escada, ouviu um estalo preciso, vindo dos fundos, de longe, sem que tivesse podido prever, tapar os ouvidos. O eco lhe ficou nos tímpanos, guardado como coisa de que precisava livrar-se, mesmo arrancando as orelhas, e ganhou a rua, com cuidado louco para não tropeçar.

Trio

Desde primeiro, eu me disse – era preciso ter Arlete, estar com ela todos os dias, perto do que fazia a toda hora, ela ali, no caixa do bar-padaria- restaurante, tão linda, tão exposta a todos, solícita demais, com um sorriso que fazia os afoitos inventarem o que comprar, maço de cigarro, bebida, um pão, algo que lhes permitisse vê-la fazendo o troco, ouvi-la agradecendo, um mínimo de sua atenção, tão séria no que fazia, nenhuma esperança aos descaradamente interessados.

"Não é pro teu bico, Espanhol" – Brito me dissera, e evidente: ele era mais bonito, fora bem-sucedido outras vezes, parecia ter o que ensinar e, se a experiência não fosse tão comprovadamente superior, era ao menos mais desinibido, mais convicto de certos passos, certas técnicas. "Olha, não se pode fazer isso que você está fazendo...". "Isso o quê?" "Olhar desse jeito. Você está deslumbrado, com cara de besta. Homem nenhum deve mostrar interesse assim tão claro, te garanto. Mulher gosta de um certo desprezo..." Eu me continha, olhava para os pães, os vinhos, as cervejas, o balcão, onde dois ou três conversavam, e um deles a olhava, com toda certeza. Era sempre assim: esperavam que ela lhes levasse a bebida e retinham-na com conversinhas o quanto pudessem; muito educada, ela respondia a tudo; a cada momento, eu ganhava um novo ódio, um inimigo de cuja rapacidade – ela não notava a grossura gritante, não adivinhava o que se cochichava sobre suas formas? – eu tinha que afastá-la. "Relaxa, Espanhol. Ela está escolhendo, ela pode escolher. É sempre assim...", retornava Brito, devagar em ir dando conta de uma cachaça forte.

Como certas manhãs de cheiro de terra, palha de arroz e café recém-torrado, Arlete, ela, ela, ela me trazia de volta o imperativo de certos sonhos, certas possibilidades de Paraíso entrevistas em menino, o quê? Milagre, ela, a que passava, a que coleava por entre as mesas, um guaraná aqui, um misto quente ali, alguém a quem dar um sorriso, um troco a buscar no caixa, uma pergunta a responder, ela, a que tinha olhos puxadinhos, a que devia trombar no ectoplasma dos desejos todos soltos, esbarrar na unanimidade aérea desses olhos, dessas ereções, desses suspiros, pequena, uma só, para tantos, os tormentos no ar, o peso concreto do impalpável, a horda paralisada de encanto. Por que tinha que ser tão ela, tão desejável, metida em vestidos amarelos e azuis-claros, brancos, cores que contrastavam a matar com o moreno da pele, coisa mais absurdamente certa, dádiva, desvario? Ninguém saberia a quem em particular aqueles olhos podiam se dirigir, já se sabia que um fazendeiro tinha sido bem claro e ela o repelira daquele modo que não convencia como rejeição, doce demais para apaziguar certos tipos – porque ele continuava a aparecer e, mãos nos bolsos, perdia horas ali sem outra justificativa que não uma espera de sinais, uma vontade que ingenuamente imaginava passar despercebida. Eu precisava vencê-lo, vencer a obstinação que poderia redundar em algum ganho repentino, vencer a observação desanimadora de Brito. Mas, na verdade, era de todos quem ela parecia menos considerar, se é que considerava alguém.

Nada além de um bar um pouco mais pretensioso, embora em ponto central, e Brito, que tinha suas corretagens na praça que estava perto, dias perdidos em conversas naqueles bancos, os negócios escasseando, começava, por companhia para lá de assídua, a me pesar como acusação de que a vida passava e não nos arrumávamos, dupla de malogrados, solteirões, mais de trinta e dois anos, "Cara, vamos morrer aqui, velhos, sofrendo de incontinência urinária, vendo essa mesma praça, essa indiferença, sem grana, sentindo esse calor maldito...". Ele ria: "Até ontem você não estava se tocando, Espanhol... Que há? Tem que ter alguma coisa pra oferecer à moça, é isso? Vai se casar, babaca? Ela sabe disso? Ela tá querendo isso?".

Ele tivera uma namorada longos anos; lamentava que, gostando dela, lhe tivesse imposto casar-se ou ela iria embora, moraria na capital, procuraria um homem certo, sólido – "... me dói que ela não quisesse o essencial. Me queria era escravo, fazendo filho, pagando conta de supermercado, eu! Elas são assim, menos românticas que a gente, não se iluda... Acabamos, e ela, eu sei que mora num apartamento de nadinha, solitária. É durona, me botou contra a parede, ponto final. Bom, mas eu podia ir pra lá, tentar...". "Por que não escreve pra ela, por que não marcam um reencontro?" Feito, mas era eu quem tinha que escrever, atrapalhava-se com palavras, quem mais que eu podia dar conta disso? Ditou o que sentia, procurei as melhores palavras, arranquei-lhe assovios com a carta acabada, "...rapaz, que perito! com essa habilidade, até um macho você acaba levando pra cama...".

Mas ela não respondera. E a sua vida seguia sem arrependimento, sem remédio. Uma persistente Júlia, quatro anos mais velha que ele, vinha de cidade vizinha para vê-lo de vez em quando; apontava na esquina, esperava, uma mala posta no chão, perto do ponto de táxi, em frente ao bar, e ria-se dele ali dentro, fazia-se em coro um "vai, vai, vai, filho da puta", ele era empurrado a cumprir o dever, sumia com a figura – baixinha e gorda – para os centros da praça, nervoso, incapaz de olhar para trás. Precisava dela, do que lhe dava, o que incluía algum dinheiro para pagar as dívidas de bar indefinidamente adiadas, mas o servilismo lhe era tão necessário quanto desprezível: "Faz de tudo, tudo, esperando que eu case. São assim, boas, coitadas, sentimentais, mas calculistas, doidas por marido, seja que merda de homem for. Dá pra comer, mas é tão sem graça! Idiota. São umas idiotas, todas...". E bebia mais. E dia após dia, nada lhe parecia tão atraente, necessário, vivo e reparador quanto um copo.

O que podia Arlete? Tudo, mas eu, ignorado, aproximei-me do caixa numa tarde em que o céu se fechava e teria quatro quarteirões para me encharcar com certeza a partir do bar; perguntei se não teria um guarda-chuva. Sorriu, tinha uma sombrinha, eu aceitaria? Sim, sim. Estampada, umas quantas flores, nenhuma discrição, todas as cores, de lá do balcão não faltou homem rindo. Pouco me importava, era uma conquista: eu podia, no mínimo, voltar para devolvê-la, agradecê-la, ouvir o pipilo "de nada" do outro lado do caixa, maravilhar-me.

Brito dividia-se entre zombaria e pena, no meu caso. Por que eu não me esmerava numa daquelas cartas? Com um desejo verdadeiro, talvez a capacidade para a arte me ficasse menor, eu sentia. Engendrava-a com um vagar inconvicto, nenhuma palavra servia, ralo do poder frente ao espesso do sentir, quando, quieto com um refrigerante numa mesa de fundos, do refeitório, ela se aproximou, sentou-se e falou comigo.

Vi Brito do outro lado da calçada, suas mãos nos bolsos, seu infalível olhar de má vontade irônica com tudo, e me precipitei, desde longe um abraço pronto; ao agarrá-lo, olhando para todos os lados, pedia para que eu me contivesse, que diabos! e eu: "Ela me quer! Me quer! Fui com ela..."

– Não brinca, Espanhol. O negócio... Como é que isso foi?

– Me disse que tem me notado, que me acha diferente, mais sensível...

– Ah, é o começo. E você, o que fez?

– Bom, nada. Beijos, beijos, beijos... Ah, tão linda, tão linda, linda! Ali, na porta da farmácia Doze. Tava escuro... Sabe o que disse? Que tem sonhado comigo.

Que não ia ter sossego se não me dissesse... Mas me achava tímido. Pode?

Ria, pensava. Bem vestido naquela noite, e com um perfume que talvez Júlia lhe tivesse dado, uma camisa azul-claro que lhe caía admiravelmente bem, outro dos presentes dela, que o enfeitava, segundo ele, já como noivo, mas para outras (quais?), do que dava risadas; pensei, senti que era ele o par adequado para Arlete, que havia ali uma como que afinidade, talvez os cabelos pretos, talvez essa morenice quente, talvez a idéia inevitável de mérito que toda beleza carrega, e ambos, que merecedores! – mas nunca dissera que a achasse particularmente bonita, notava-a mal, um tanto talvez pelo dever camarada de deixar-me território livre. "Não era para meu bico", apenas. Meu maior prazer era que ele tivesse se enganado tão completamente. Mas, manteve-se quieto, considerando.

Anos com a pior das realidades: nenhum dos dois com carro, morando em casas das famílias, dois a pé, não éramos carne masculina considerável – como ir para os motéis, como debandar para os lados escuros, para as estradinhas de terra afundadas em bambuzais e eucaliptos? Algumas coisas ali mesmo, na rua, quando pegava-se as "fim-de-noite", as que estavam à mão, que não se incomodavam de irem para um canto de rua bem distante, para um barranco, sob uma árvore, de se fundirem a um escuro de falta de energia providencial, de ficarem de quatro, sujando-se, pinicandose na grama, num terreno baldio, nenhuma delas presa digna de exibição, ao contrário: mal se falava disso, e tinha que se esconder o quanto de repulsivo se levava seriamente em consideração, na falta do melhor, mesmo do mediano; e os dois, metidos, idealizando.

Brito tinha, por uns tempos, uma casa saída de seus negócios nunca muito claros, periférica, pequena, com um comprido terreno em declive, terminando num córrego sujo; eu continuava sem nada, minha casa o menos aconselhável dos abrigos, Arlete, nada além da casa de uma prima, as duas moradoras recentes do lugar, nenhuma possibilidade de indulgência da outra, católica, para a entrada de um homem tarde da noite. Ele me aparecia também com um Fusca que já fora de um vermelho vagamente cereja, emprestado de alguém que lhe devia por outros negócios, dirigia bem, e tudo parecia imensamente facilitado. "Vamos parecer uns filhos de papai entediados, agora", ria.

A chave. Ele a pôs na minha mão, apertando-a com força e alisando a palma, rindo, como se procurasse sentir um molhado de nervoso de que troçar. Demorou a tirá-la, até que eu, agradecido, saí para apanhar Arlete na corrida contra as dez da noite, que ela definira para fechar o bar. Tínhamos um quarto, um quarto! Era o luxo a que ele se dava, agora – uma boa cama, lençóis cheirosos, nenhum vizinho muito atento ao que se desenrolasse por ali, luz elétrica, geladeira, banheiro. Ele me dissera que podia usar o que quisesse – as cuecas, toalhas, calças, o que fosse, que Júlia lhe dava e mantinha imaculadas, no guarda-roupa. Joguei-me. Supunha ali resquícios do quente dele com a namorada, o cheiro de algo entre loção de barba, roupa com amaciante, talco e noite, noite, noite, o que isso tem de protetor, de impossível, de ilimitado. Não muito longe, pelo exterior da janela, a vista de uma lua em foice e uma imensa mangueira cheia de frutas maduras que, de vez em quando, uma que outra, caíam sobre folhas com um ruído regular que pontuava nossa calma. Um passarinho indefinível cantava nela ou em outra das árvores escuras. "Que coisa! Nunca tinha ouvido esse passarinho cantar assim, tão tarde da noite...". "Quem sabe eles não sonham também?".

Queria contar-lhe o que acontecera, urgente – porque era como a primeira vez. Valiam para algo além do alívio aquelas coisas nas ruas, nos pastos? Tinha vergonha, mas, mãos nos bolsos, o cigarro, o peito estourando, era preciso encontrá-lo, a devolução da chave implicaria num relatório, queria contar, contar. Tudo bem, tudo bem, ria das descrições, dos entusiasmos, da atenção para luas, frutas e pássaros, do chamá-la para olhar para o céu, "meu Deus, que palhaço, que piegas! Você não me parecia assim tão besta, Espanhol!". Não lhe contei que me obstinara em não ficar todo nu, em conservar ao menos as meias, e que ela as tirara à força; na verdade, nada de submissões: de pé, nua, ela me deixava assustado com a quantidade de pêlos, com o ereto do corpo pronto a confrontar outro, beleza crua, toda um pedido, uma espera, um desafio; divertia-se com minhas dificuldades, só ficara séria quando se dera conta da gravidade de minha adoração, dos rogos para que me ensinasse, guiasse. "Gosto de poder te ensinar...", sussurrava. "Esses tipos muito seguros de si, esses cavalões... Que horror! Já levei tapas, quando reclamei..." A vontade doida de passear depois que ela já dormia, a prima tranqüilizada com uma história de viajar para cidade próxima para um certo encontro religioso só de mulheres. A madrugada, a cidade vazia toda para mim, pedido de um cigarro a um guarda-noturno, o doce da cumplicidade com o clandestino da noite, o ar todo limpo, a totalidade de estrelas, eu.

Brito apanhou a chave de volta novamente retendo minha mão, como se quisesse dizer bem mais do que lhe podia ocorrer ali, no bar. "Ela não apareceu ainda", apontou o caixa, rindo. "Está descansando... Que noite, hem? Você me saiu um grande aprendiz, Espanhol..."

Mas, não o vi mais por um certo tempo. Não era natural que sumisse por duas semanas, víamo-nos diariamente, no bar, sempre por volta da uma da tarde, cara de quem acabara de sair da cama para a rua, cabelo respingando água, de recém-penteado, uma cerveja para abrir, para começar o dia de corretagens.

Ela notava minha inquietação, a falta, a desorientação, a insipidez de minhas falas, meus olhos na procura de Brito enquanto as mãos ficavam nas suas, na praça. "Ele vai aparecer. Questão de tempo, bem...", dizia. Até porque precisávamos voltar ao quarto, a rua, os cantos, os trajetos expostos eram um suplício – "aqui, aqui, pega, um pouco, ninguém vai olhar", os rins que me doíam, ódios absolutos e ineptos contra todos os impedimentos, primas, mães, um mundo empenhado em não nos dar esconderijo. Preciso que numa noite fosse na varanda de sua casa, nenhum gemido mais alto para não levantar suspeitas da prima lá dentro, sozinha, com a televisão ligada. Ela odiava a minha pressa, mas, como reclamar?

Quando ele voltou, parecia mais magro, reclamava que o carro teria que ser devolvido, entregando-me a chave um pouco relutante e agastado. E Arlete mudava: triste, de pouca conversa, não queria essa cidade, não fazia sentido que estivesse ali. Cada vez falava menos, e me ocorria que eu sabia pouco sobre ela, que estava mais maravilhado comigo como homem apaixonado que interessado por uma vida real atrás do seu encanto.

Um sobressalto, na noite de comemoração pela volta da chave, deixou-nos ambos trêmulos, rapidamente em pé, rapidamente pondo as roupas: a porta que se abria com um rangido implacável. "Não se incomodem aí... Sou eu!", Brito gritou. E não mais o ouvimos. Pelo fim da noite, alguns ruídos na casa, e pensei ouvir tosses, vozes no corredor para o banheiro; ela voltava, correndo, um pedaço de cobertor velho sobre a camisola, e enfiava-se sob os lençóis, friorenta.

Na outra noite, letárgica, parecia entregar-se a lembranças só suas, sem querer me dizer nada; tinha ânsia por ficar na janela, sem conversa, interessada em longes. Incomodava-se com os ruídos no quarto ao lado: Brito, que agora ficava, que nos impedia barulhos, vazões, nos deixava tímidos e cuidadosos. Uma noite entrara com uma mulher que não chegamos a ver, mas que dava gritos, risadas e gozava de um modo ao quarteirão silencioso não ignorar. Arlete balançava a cabeça, cansada, resignada, quando eu me despia.

Mas eu era eficaz, e achava minha eficácia uma novidade que não cessava de admirar – sentia muito o meu desejo e pouco a sua infelicidade.

Lá estávamos, menos donos do tempo e das graças da noite, eu com meu cigarro, e ela, silenciosa. Ultimamente, pagava-me os maços, e, de algum modo, a presteza com que tirava dinheiro da bolsa para as minhas despesas parecia parte de seu programa de fatalismo, de tristeza. Revirava-se na cama. "Tenho que te dizer uma coisa. Mas digo se me prometer que não vai fazer nada de errado. Olha, bem, o Brito..."

Saí correndo para o outro quarto, ele não estava; de cuecas, andava lá fora, ungido de lua, com um de seus charros caprichosamente feitos. Viu-me, e, rápido, desviou-se do soco. "Isso é coisa que se faça, desgraçado? Cantar a minha mulher? É coisa que se faça?". "Pára, Espanhol, pára. Não seja louco. Não vamos brigar, seu besta! Até porque você apanha, entendeu? Você apanha!" – prendia-me o braço, tinha uma força de que eu não tinha suspeitado, ainda. "Escuta aqui: que é que você sabe, que é que nós sabemos dela? Pensa que ela não me olha, que é uma santa? ... pensa que eu não... preciso? A Júlia, a Júlia... aquilo está no fim, é uma solteirona, um estrepe – um bosta como eu pra ela é deus..." – começava a rir; pego pela hilaridade da erva, não entendia bem o que queria dizer, queria abraçar-me, conseguia, como magicamente, anular minhas tentativas de tapas e socos, e, por fim, abraçou-me de fato, rindo, rindo. Paralisado, senti-lhe a força e as mãos que subiam para minha nuca: "Me dá teu cheiro, teu cheiro... O que é que você tem que ela te prefere, hem? o que é que você tem?" – tão perto, o que fazia? preparava-se para beijar-me? não: apertou-me o pescoço e, abrindo-me o alto da camisa, localizou roxos, riu, riu: "Vocês, hem? Vou deixar minha marca aqui também, Espanhol..."– e cravou-me os dentes.

A postos todos os dias no caixa, Arlete já não tinha o sorriso, profissional que fosse, dos primeiros dias. Começava a olhá-la, a fazer-me outras perguntas, a notar a menor freqüência do fazendeiro que, quando aparecia, tinha jeito de quem se resignara ao insucesso ou nem pensava mais nisso. Ela era um hábito, e os outros continuavam a olhá-la, a chamá-la pedindo cerveja, lanche, café, de olho no que era meu, e, embora me achassem nada, sombra de Brito, não tinham certeza do ciúme que eu poderia ter, da força que eu poderia significar, de modo que se continham.

Eu a olhava, achava-a cada vez mais triste, mais frágil, espantoso que ninguém a visse de fato, a criatura magoada que era – mas aí, eu que tinha de sabê-la. O que, afinal, tinha sido sua vida? Vagamente, me dissera de um casamento que não acontecera, cinco dias antes rasgando todos os convites, a família a condenando, essa prima no interior um acordo, um refúgio, mas a cidade, que queda sofrera! – na capital, tinha uma profissão, um nome, refinamentos; ali, perdida entre atrasados, pouco mais que uma garçonete. Retornaria para lá tão logo pudesse, tão logo se clareassem os meios e os impedimentos se atenuassem, mas talvez isso não fosse possível. Era no que pensava quando se abstraía de tudo? Quais os muros? "Haja o que houver, vou pensar em você, sempre..." – deixou escapar.

Não dizia mais o nome de Brito, nenhuma menção à casa – para nós, agora, apenas os bancos das praças, apenas as ruas de escuridão propícia, lágrimas e aflições que viravam hábitos; nada podia ser feito, eu sem dinheiro, ainda dependendo do seu para cigarros, para uma cerveja; pensava, com persistente vagueza, em políticos e nomes influentes para uma providência de emprego – queria para nós dois – mas a idéia de que ela era bela demais para despertar apenas consideração humana em vereadores e congêneres me esfriava. Brito, o que ainda sabia dele era o que me vinha do bar: sem o Fusca, reaparecera com um Corcel aos pedaços, bebia ali, em horas nas quais eu não estava.

No turno da noite, o atendimento no bar acabara ficando para algum homem. Arlete pouco saía de casa, agora. Ensaiava um pedido de demissão, agoniava-se. Parecia incapaz de me contar fosse o que fosse do quanto sentia. "Não faz sentido, não faz sentido", murmurava, vez em quando. Pedia que eu a procurasse menos. Queria pensar. Em quê? "Vou ter que voltar, não vou ficar aqui. Não deu certo, sabe? Ruim demais. A única coisa boa é você, mas..."

Encontrei Brito. Dei-me conta da falta que me fazia nesse momento – praticamente, ensaiei o abraço da noite em que lhe contei do sucesso inicial com Arlete e a incongruência me assustou – eu não tinha que detestá-lo? – mas esquivou-se, fazendo com o olhar que estávamos sendo muito notados, rindo. Negociara, tinha dinheiro para pagar uma maldita conta antiga na lanchonete, "Espanhol, sabe que eu ando até fazendo um mapa desta bosta de cidade? Em frente de um bar, passo, em frente de outro, não. Não tem coisa pior que olhar de credor pra devedor atrasado e sem chance, né? Mas, de vez em quando... Olha! – mostrava-me as notas – Que cigarro você quer fumar hoje? Pode escolher...Vamos beber alguma coisa mais cara?A gente pode ir até naquele restaurante do Orivaldo, pedir um prato de burguês...". Me incomodava que ele bebesse demais, e sabia também que alguns dos outros com que se encontrava eram do pó, fora que, vez por outra saía com uma pequena turma, nos dias em que o sol aparecia depois de uma boa chuva, a procurar cogumelo de zebu nos pastos. Esvaía-se, o olho brilhava muito, mal tinha vontade de comer, a não ser quando baixavam as "laricas" e entupia-se de doces, sorvetes, sanduíches.

"Senti falta de você, compadre!... Como vai a...?" – arrependeu-se da pergunta esboçada, saltou para outra coisa, apontou um sujeito nosso conhecido, rindo. "E a Júlia?", perguntei, aceitando o maço que me punha na mão, pago orgulhosa, ostensivamente, ao rapaz do balcão, e ele balançou a cabeça: "Aquilo mesmo... Escuta: não quer ir uma noite dessas lá em casa? Me emprestaram uns discos...Tem novo do Cat Stevens. Faço alguma coisa pra nós... Não tiver nada, tem mandioca lá no quintal" – riu. Tirou do bolso uns comprimidos: "Isto aqui vai muito bem com cerveja...", engoliu.

O que houvera que eu tinha que conversar com a mulher desconhecida que aparecia à porta, anunciada com desconfiança por minha mãe? Fui, abri-lhe o portão; com um gesto, disse que não era preciso, que conversaria comigo sem entrar. Passando talvez dos cinqüenta anos, séria, olhos de noites sem sono, me olhou com cuidado: "Então, você é o Espanhol...". Dei um passo à frente, de imediato pressentindo que se tratava da prima. "Olha... bom, a Arlete... a Arlete morreu". Agarrei-me às grades. "O corpo foi pra São Paulo, o velório é lá..." – apanhou uma pequena caderneta da bolsa, uma caneta, e anotou: – "Este é o endereço. Se pode ir..."

Nenhuma coragem para ir ver o corpo, nada de contar para a minha mãe o que me prostrava, o que me fazia ficar horas, dias, no quarto, não querendo comer, respirar, ser, e ela, numa manhã em que conseguira me arrastar para uma espécie de almoço, obrigou-me a ouvir: "Eu sabia que essa moça tinha alguma coisa de errado... Ela se matou. Tem mão tua nisso? Que é que vocês andaram fazendo?". "Como é...? Se matou?" "Todo mundo está falando, querido. Acorda, por favor..." Nada era mais decisivo que o meu projeto de não acordar. Tampouco diria a ela que me doía não ter tido a coragem de viajar para vê-la, que minha culpa estava aí apenas, na pusilanimidade, na inépcia, na falta de dinheiro. "Se matou... como?" "Um monte de comprimidos, parece... Ninguém sabe nada daquelas duas... Bom, ela não servia..." "Cala a boca, mãe!" Voltar para o quarto, o quarto. E o tempo que me anulasse.

Mas, tinha que haver esse dia – um de alto azul, toda luz, toda minúcia de jardins, em que eu recomeçava, em que o primeiro passo era voltar ao bar. Muito olhado nas ruas, andando devagar, voltava. Novos donos para o estabelecimento, novas cores, que a proprietária de agora achara as anteriores muito feias, escuras, "de mau agouro". A freguesia, no entanto, era aquela. E havia a quem perguntar de Brito.

– Faz muito tempo não vejo...

– Diz que foi embora – Rio Preto, parece.

– Tava tentando vender a casa. Não sei se conseguiu.

O caso de Arlete diluíra-se, queriam falar-me disso, eram evidentes as perguntas mudas, as tentativas de adivinhar, mas a indiferença era depressa retomada, a cidade ignorava as primas, uma de passagem, apenas a minha namorada, tanta gente nova aparecendo, você já viu esses bairros?, dizia-se com ressentimento e também com orgulho, alguém citava o Censo, "mentiu, diz que é só 25 mil, isto aqui já está indo pros 50, garanto", ufanismo com um prédio de apartamentos que se erguia junto à praça, com um semáforo havia pouco inaugurado. Minha ausência era de muitos meses, Brito não aparecera em casa ou, se aparecera, o zelo e a astúcia de minha mãe silenciaram-lhe a visita. A quem recorrer, com quem conversar agora? Várias vezes olhei para o ponto de táxi, onde podia ser que Júlia apontasse com sua mala, sua espera. Mas, onde ele estava? Fora morar com ela, na outra cidade? Afinal, ela saberia mais que eu? O fazendeiro entrou para pagar algo a uma nova moça no caixa, infinitamente abaixo da beleza dela. Olhou-me, estranhando, rapidamente.

Em algum lugar do mundo ou de mim, ela tinha que estar. E me reaparecia em sonho, num jardim, respondendo à minha surpresa com um sorriso e um dar de ombros que tentavam dizer como era irrelevante a questão de ela estar morta ou viva. E na manhã seguinte reencontrei Brito, depois de alguns passos incertos em direção a uma forma muito familiar para ser verossímil, num banco da praça, a cabeça enfiada nas mãos, todo ele enfiado, quieto. Me reconheceu com um sorriso, mas dessa vez muito débil, muito triste, com o ar de que não faria um comentário dispensável a algo que lhe aconteceria fatalmente.

O que andara fazendo dos dentes, que eram tão bons, que tratava sempre que dispunha de algum dinheiro? Cariados, sujos. Muito magro. Roupas velhas, sapatos acabados, certo mau cheiro. "Oi, Espanhol...", murmurou.

Arrastei-o para um bar, onde paguei-lhe cigarro. Quis uma cachaça. De noite, estava de novo por ali. Segui-o até à casa, que ainda procurava vender, mas sem maior esforço. Onde estivera? "Por aí...". Nada do que dizia parecia claro, não se esforçava para concatenar idéias, como se qualquer esforço para fazer sentido o cansasse além da conta.

Em Campinas, num cortiço, conseguira morar num cômodo, depois de um corredor onde se acumulavam botijões de gás. "Me acharam ali, uma vez... Apanhei muito, você já viu que prazer, que prazer meganha tem em te bater, quando acha que tem razão? E nem era eu que procuravam... era outro cara..." Alguns dias bem moído; depois, entrara numa livraria a esmo, e por que foi que cismara de comprar o livro de um poeta, para me presentear? Me entregava o presente, que vinha cheio de sujeiras e grifos. "Bondes passam disparando pelo meu quarto, apitando. Automóveis rodam sobre mim. Uma porta bate. Uma vidraça parte-se em algum lugar, tilintando, ouço os grandes cacos de vidro dando risadas, os menores dão risadinhas".

Mais um cigarro. "Fui lá..." "Aonde?" "Apartamento dela, São Paulo... Medo de mim, me mandou embora." Um prato com mandioca cozida e só. "Pensei que conseguia emprego por aí..." Jogou os sapatos longe, exibiu-me os pés com feridas, enormes; tive que entender que alguma vez fizera uma andança longa, de dias e noites, supliciando-se sem rumo por entre serras, até chegar a uma cidade, cujo nome esquecia, e onde também dormira na cadeia. Chorava, não tinha vergonha, "ponha um disco", "...morning has broken like the first morning...?" , não sei, qualquer coisa estava bem. "Fui num médico..." Não queria que se esforçasse por falar. "Fígado inchado... ele disse." Conteilhe de Arlete, ouviu como que entendendo, mas longe, longe. Se eu pudesse lhe arranjar fumo. Se eu tivesse dinheiro. Arrumasse um carro.

E outras noites, quando eu fugia tranqüilo de casa, era para estar lá. Quis que se vestisse melhor, ainda o figurino engendrado por Júlia, não, não, não, melhor jogar aquelas camisas e calças fora, lembravam-lhe obrigações, culpas, nojos, que eu desse um fim naquilo. E atenção só para os discos. E esperar que dormisse, o que não conseguia, mas eu não deixava o quarto, temia – a qualquer momento, num daqueles tremores, poderia levantar-se, procurar gilete, faca. Dizia sempre que alguém lhe perseguia, interessado no pescoço, no pescoço, um homem de capuz, "protege meu pescoço, filho da puta!". E se atirava sobre mim. E eu que me defendesse, confuso, dos dentes.

Andava pelo quintal, as risadas, "quisesse me afogar, a merda daquele corguinho" – apontava os fundos – "não dava nem pra isso. Oh, cidade!..." Recuperava-se, já era capaz de sumiços – eu o sabia fora do perímetro, porque dera a vagar por estradas rurais, pelo mato, e, por vezes, era assombração imprevista de bares que ficavam abertos até muito tarde, onde chegava para irritar donos que estavam para fechar. Eu parecia mais dono da casa que ele. "Preciso te dar um avental, Espanhol...", ria, na soleira da cozinha, tomando um copo de seu chá.

Tarde da noite, cada um em seu quarto, nenhum sono nos dois. Sem forro, o desenho de ripas, vigas e telhados, era lindo, uma forma geométrica pulsante, um ir e vir, desfazer-se e refazer-se, simetria de sonho. Sem sono, e o impossível, o liame entre um quarto e outro, qual? – o desejo de que fosse um quarto só, de que nada mais existisse, só um quarto, um.

Batem à porta, um espera, insatisfeito em seu posto, que o outro tome a iniciativa de ir atender, nenhum se alui. Finalmente, confirmado que há alguém batendo, muito mais tarde, levantamo-nos juntos, o movimento de um, em direção à porta, correspondendo ao de outro, no outro lado. Andamos. Abrimos. Entreolhamo-nos. É Arlete outra vez.

A many splendored thing

Para Vivaldo Lima Trindade, em Salvador

Atrás do tronco da figueira, Vítor olhava. Sempre se sentia assim, fora, longe, espectador. Sob o comando dele, sob a voz, os gestos, as pernas, o calção perturbador, um grupinho chutava uma bola velha no terreno. Era o seu professor, Ivo, era a sua turma habitual, mas, nesse ano, adoecera e se obstinara com a mãe em não ir ao ginásio, chorando o quanto podia para fazer valer a sua recusa. Doía-lhe que os colegas parecessem perfeitamente alheios a tudo isso, capazes de seguirem a vida, de divertirem-se, sem ele.

O professor começava a perder cabelo, mas como era esguio e forte! – tinha uma masculinidade tranqüila, aristocrática em sua naturalidade. Cada um de seus movimentos parecia refletir um gosto patente, íntegro, por ser homem. Quando, com voz baixa, mas espessa de experiência e autoridade, elogiara uma redação sua para a classe toda e se pusera a lê-la como exemplo, "temos aqui um futuro escritor", ele se entusiasmara tanto que pensara estar morrendo de vergonha e gratidão. O elogio provocara umas vaias, caras torcidas e zombarias, mas ele os fizera parar: "Não sejam mesquinhos!". Queria pedir que não ficasse tão a seu favor, porque sabia o que sofreria no recreio, mas, como impedi-lo, como não adorá-lo? Ele o notava, ele o protegia!

Sabia que, no grupo, só Irineu, mulato, repetente, ingênuo, o admirava; Fosco, o ruivo, procurava sempre envenenar e diminuir seus êxitos e era competitivo demais para querer bem a quem quer que fosse, reagindo mal a qualquer afeto. O pior, no entanto, tinha sido seguir Alfeu e depois ouvir do irmão, Cláudio, a cobrança; sentia que não se recuperaria mais daquilo. Não podia dizer nada à mãe ou à irmã; dissera-o ao cônego Breda e assustara-se com o susto do religioso no confessionário, com o tom alarmado com que exclamara o nome que era aplicado a quem cometia aqueles atos.

Agora, agarrado à figueira, procurava não ser visto. O professor, asseado, de roupa nova, ajeitando o cabelo escasso com a mão esquerda, aparecera para falar com a mãe e a irmã, saber de sua saúde, manifestar desejo de melhora, lamentar a perda do ano, "um bom aluno, vocês devem se orgulhar dele". As duas quiseram que saísse lá do alto, do quarto de cuja janela vira o professor chegar, que reagisse melhor à visita, mas, ao descer, afundava-se de inibido, olhava o rosto franco e simpático de esguelha, quando ele se dirigia a elas, descia o olhar para a calça cinzenta bem passada, cobrindo as pernas bem torneadas de esportista, e já o olhar se detinha onde não devia, tentando adivinhar. Não conseguira dizer nada. Parecia hostil quando, na verdade, medo e adoração o emudeciam. Estava condenado.

Alfeu estava perto dos dezoito anos e deixara a escola cedo, talvez devido à preguiça que respondia por aqueles dentes todos cariados, e, alegremente pária para os estudos, era bom goleiro; aceitavam-no por isso e ele misturava-se aos grupinhos que praticavam no campo aberto nas proximidades do ginásio. Cláudio, o irmão, era dos mais velhos de sua classe, um bom aluno, de letra elogiada. A seriedade com que, tardio, valorizava o estudo, fazia o irmão parecer, por contraste, um péssimo exemplo. A casa em que moravam, com mãe viúva, vendedora de hortaliças, não era distante da sua. A sua mãe o alertara para esquivar-se de Alfeu, sem deixar claro o que temia.

Lá estava o indolente, a camisa amarrada à cintura, orgulhando-se dos músculos, da agilidade. Fazia piruetas especiais, bailarino pendurado à trave, escalava árvores e, lá do topo, batendo com as duas mãos no peito rijo e nu, soltava o grito de guerra de Tarzan. Irineu o fitava, boquiaberto, e Fosco esfregava as mãos, os lábios cerrados numa linha muito fina de aflição e volúpia, a ansiedade por uma queda merecida para o atrevido o deixando contrito e excitado. O professor coçava a cabeça, ria, impotente, e em geral havia abraços e aplausos à espera do exibicionista lá embaixo.

Num começo de noite, saindo do ginásio e tomando para a rua de casa um atalho ermo, ouviu um chiar de bicicleta e era ele, sorridente, seguindo-o.

– Uma caroninha?

– Não, obrigado. Eu prefiro andar.

– Mas, que desprezo é esse, Vitinho? Pensei que você gostasse do papai aqui. Me olha de um jeito!

– De que jeito? – perguntou, cabisbaixo, trêmulo, e como os olhos já lhe fugiam para a direção inevitável, ele apenas sorriu. Estacionou a bicicleta de qualquer modo num capinzal junto a um barranco e tirou a camisa. Estava suado e queria disfarçar um nervosismo que o fazia olhar para todos os lados, menos para o seu. "Escuta...Vamos ali?" – apontou uma cerca de arame farpado rompida, dando para uma plantação de mamonas, mais ao fundo um pomar. Nem cogitava de desobedecê-lo e seguiu-o, agarrando-se à bolsa, contando os passos, lembrando as histórias de cobras da mãe e murmurando uma reza que lhe garantira ser infalível para incursões pelo mato.

Lá na frente, ele pisava nas folhas com força, dissolvendo-se em verde-escuro e, aos poucos, a lua subindo. Vítor foi em sua direção confiando no vulto intermitente cujo braço erguido lhe dava sinais para ir seguindo-o; quando chegou perto, ele lhe pediu que se deitasse sobre folhas de mamona, fazendo um gesto autogozador de cavalheirismo. A lua já os alumiava bem.

Não dormira naquela noite nem na seguinte. Ao sair do ginásio, tinha de evitar o atalho, embora relutasse; duas vezes pediu para que Irineu o acompanhasse até a altura de uma borracharia, temendo que ele aparecesse. O chiado da "garique", no entanto, anunciou-se, inequívoco, lá atrás, quando ele já se sentia seguro, noutro início de noite, perto de sua casa. Ele desceu, foi empurrando a bicicleta e nem mesmo conversava, apenas impedia, com sua presença, rindo, que ele tentasse qualquer fuga. Chamava-o, com um sorriso que poderia ser bonito se cuidasse daqueles dentes, de "Meu nenê", mas a doçura que isso prometia de modo algum viria, se ele cedesse outra vez. Apesar disso, queria, desgraçadamente queria – deixou-se conduzir a uma casa que ele jurava estar abandonada; sempre indo à frente, batedor, pendurava-se num galho de árvore, dava cambalhotas, e, por fim, abriu-lhe a porta com a mesma mesura irônica. Distraía-o com piadas e ia pondo-se à vontade; brincava, zombava, para que ele não pensasse na dor que viria.

Cláudio lhe apareceu, sabedor. Não tinha complacência – foi encaminhando-o para o atalho, para uma pilha alta de pneus velhos, e dizendo que também precisava, precisava, "que negócio é esse de só o mano?". Aquela necessidade, ele a confessava com raiva, como se achasse injusto precisar valer-se dele, como se esse imperativo fosse uma estupidez do instinto, de que precisasse livrar-se depressa. Ali mesmo, atrás dos pneus.

Tinha medo, mas não precisou trancar-se em casa ou afastar-se de ambos: em pouco tempo, Alfeu engajava-se num circo de passagem, atraído pelo sonho de ser trapezista, e Cláudio arranjava uma namorada com quem desfilava no quarteirão, hostil ao passar por ele. Sentia alívio, mas sentia saudade, e as primeiras horas noturnas faziam-no, inquieto, procurar as ruas mais desertas e escuras, os barrancos, os desvãos e esconderijos de mato perfumado onde aspirava, zonzo, o cheiro de muitos homens imaginados, clandestinos, suados, arfantes, violadores desejados, contentando-se com a mão. E, depois, nojo e remorso.

Não tinha dúvida quanto ao que se ciciava em outras carteiras, maior a prova quando, no corredor, a caminho do banheiro, lá atrás alguém emitia um "Vitinhôôôô!" aflautado, que lhe enfraquecia as pernas e o impedia de urinar, como se a desonra o tivesse inutilizado, imerecida a sua presença ali, entre os outros, os intactos, os resguardados, os sadios, os que cresciam na direção correta.

O olhar sem julgamento do professor era abençoado; Irineu, se sabia, não fizera conta: continuava a pedir-lhe ajuda nas lições e admirando-o por conhecer tantos livros. Mas a perseguição do olhar aos gestos do professor, a admiração à sua voz de mando e indulgência, à sua virilidade no campinho de futebol, quando ele se misturava às equipes aleatórias que se formavam na classe e no banheiro do ginásio (das quais se excluía, com vergonha do corpo), iam tornando-se desesperadas de avidez e então, numa certa manhã, avisou mãe e irmã que não podia mais. Pela tarde, deram-se os tremores, a zonzura, e despencara no quintal, gritando. As duas tinham-no encontrado sem cor, limparam-lhe a baba, cercaram-no de rezas, chás, depois o benzedor da rua de baixo, uma ou outra comadre com diagnósticos e receitas e a mãe de Alfeu e Cláudio aparecendo à porta do quarto para apenas olhá-lo com um sorrisinho de mofa misturado ao interesse compassivo.

Livre das aulas, podia agora escrever e, com os livros e revistas de Laia, sonhava. Eram os romances que ela comprava com regularidade e as fotonovelas, que lia meio contra a vontade de dona Elú. Mocinhas solitárias, no interior de algum país europeu, conheceriam um proprietário de terras também solitário, viúvo ou solteirão por algum motivo sombrio, de quem seriam fiéis governantas. Lá estavam as figurinhas frágeis, sob sombrinhas, virginais, muito brancas, cheias de pudor, deparando-se com os misteriosos senhores, altos, fortes, viris, nobres e sensuais, a cavalo. Ou eram belas jovens, de classe baixa, que seriam secretárias ou funcionárias apagadas de alguma empresa em que o chefe, um homem maduro, bonito, pareceria inacessível, augusto em suas ocupações muito sérias. Elas se apaixonavam não por ele, mas por um tipo qualquer acafajestado que as engravidaria, desaparecendo; a própria bondade, o chefe as amava, perdoava-lhes a gravidez e assumia a paternidade;

claro que haveria colegas rivais, invejosas, dispostas a difamá-las e impedi-las de casarem-se bem, mas em vão: as oprimidas triunfavam. Com Laia, ia ver filmes e passear no *footing* da 15 de Novembro. Impossível esquecer *Suplício de uma saudade* e, de uma revista que roubara da irmã, recortara William Holden e o colara em um caderno.

Era por um homem como Holden que se queria amado. Másculo sim, mas civilizado, gentil. Era preciso haver gentileza. Mas aquilo em que pensava, o que conhecera, era abaixo de crítica, excluía qualquer consideração, e, no entanto, ele o desejava. A palavra que o cônego Breda, soturno, aplicara a ele, impelia-o a procurar o livrinho de orações, o rosário, de joelhos junto à cama, olhando para aquele estranho crucifixo esverdeado que a mãe pusera acima de sua cabeceira. O que sentia, já sabia, era danação, e pensava em William Holden, no professor, mesmo em Alfeu, mesmo em Cláudio, desconcentrando-se das ave-marias. Tremendo, fugia para as ruas.

Com esse vaguear pelo miúdo centro da cidade, tinha de notar outros homens, sempre os mais velhos, os mais senhores de si, definidos por completo em sua virilidade, admiráveis por esses misteriosos dons individuais ocultos e sugeridos pelas calças, adoráveis dando-se murros brincalhões, em zombarias grupais, livres, vitais, beberrões, afirmativos, alguns mais que broncos, mas, de qualquer modo, pertencentes à raça de domínio assegurado. Acabara por descobrir que o professor tinha seu bar preferido, agora, numa rua em declive para as de terra batida que iam dar num riacho; ali, com uma rodinha estridente, jogava baralho, sinuca, discutia política, encontrava-se com treinadores e jogadores dos times rurais, dividia caracus, mordiscava salames e queijos, ria, falava alto, dava socos e batucava no balcão, cantava acompanhando-se com um violão inábil.

Laia, que não podia ser franca sobre homens porque a mãe só admitia admirar algumas vozes masculinas do rádio e a memória do marido, era de suspirar por eles apenas no cinema, apertando-lhe a mão quando se extasiava com cenas, engolindo bala após bala com as aparições de John Gavin e Rock Hudson, mas andava mais e mais calada porque supunha-se comprometida com um viajante de Potirendaba que a trouxera até o portão uma única vez. Sabia por uma Dulce da vizinhança que o professor tinha no criado-mudo a fotografia de uma bela loura; ambas se condoíam e se excitavam com esse portento sozinho em casa, desamparado por ter tido desilusão com alguma noiva ou ser viúvo e separado. Ele ouvia as duas, que se supunham protegidas pela porta fechada, conversando no quarto de Laia. "Vai ficar careca logo, logo, mas, oh, vai ser um careca lindo!" E havia sussurros em que sugestões de uma obscenidade sonhadora pairavam; imaginar essa solidão de homem feito numa casa onde, no escuro, tudo poderia ser conseguido, torturava-o. Ter acesso à casa, ficar escondido e poder vê-lo, entrever algo de sua intimidade divina, passara a lhe obcecar. O interesse que ele manifestara por sua saúde, ah, poderia ser bem mais que meramente humano, solidário! – talvez fosse o único a compreendê-lo, talvez soubesse de sua paixão e esperasse uma oportunidade para lhe falar disso. Como estava bonito e bem vestido no dia da visita! Teria sido por Laia?

Avançava para o bar, sabia que ele estaria ali de noitinha, com sua efusividade dominadora, sempre o copo na mão, sempre sorridente. Paulão, o dono, notava-o rondando, olhando, estranhava: não era lugar para menores e rapazinhos como ele, filhinhos de mamãe, que poderiam querer ali? Entrava, mesmo notando a desconfiança, cabisbaixo, a pretexto de comprar um chocolate, um docinho de banana, olhar para os rabiscos em papel de embrulho anunciando campeonatos de futebol nas paredes, pedir um copo d´água, usar o mictório. Paulão lembrava-se de ter ouvido que o filho de dona Elú "não batia muito bem, tinha uns desmaios", inquietava-se um pouco, mas deixava-o circular. Quando o grupo da noite começava a chegar, Vítor se afastava devagar, cauteloso, colado ao muro e, certo de estar longe, via o professor apontar na esquina, já acenando para todos, rindo, trazendo o violão; seguia para casa relutante, ouvindo o vozeirão aplicado e desigual lá no fundo: "Um dia sonhei um porvir risonho/ e coloquei o meu sonho/ num pedestal bem alto..." Não dormia, pensando na voz, nos olhos, na alegria em que havia um espalhafato sem perda da dignidade máscula, da mesma dignidade com que era um professor, com que se fazia respeitar.

Tinha acordado com sobressaltos, medo de descer a escada, medo de alguma coisa que passava pela sala e vinha em sua direção sem definir-se, os tremores, o encolhimento, com olhos fixos, à mesa do café. A mãe e a irmã se entreolhavam. Mais tarde, um médico o olhava, sentia-lhe o pulso, as têmporas, e dizia que seria preciso um parecer de certo neurologista de Rio Preto. Dona Elú balançava a cabeça, e Laia saía a desabafar com alguém a pena e a apreensão pelo irmão. Ele gostaria que ela soubesse conter mais a língua. Dona Elú pensava em providências práticas, no custo de um especialista, no que fazer desse filho que lembrava tão pouco o falecido.

Depois do médico, já pelas seis da tarde, andava devagar pelo centro, parava para olhar cartazes do cinema, evitava passar pela igreja para não lembrar-se do cônego nem avistá-lo atravessando, com o passo duro, rápido e longo a praça Coelho Neto, não dando muita atenção a ninguém, certamente severo demais para o gosto da cidade, que já tivera padres mais complacentes. A chuvinha que caía o deixava secretamente feliz, ligado a uma possibilidade de extraordinário, a uma repentina possibilidade de que tudo se refizesse em algum insólito arranjo perfeitamente oportuno para seu desejo. Tudo lhe parecia ajustado porque sua tristeza era assim, romanesca, eleita, européia, e o frio e as ruas molhadas, as pessoas escondidas em lojas e empórios, andando sob os guarda-chuvas, tolhidas, assustadiças, lhe convinham. Pensava em fotografias, postais e em um quadro com transeuntes vagando por uma metrópole, talvez Paris, num dia chuvoso, as árvores castanhas, os contrastes de um vestido vermelho, uma sombrinha laranja, com os muitos tons de cinza. Ruas de algum lugar da Inglaterra. Ele era a heroína que olhava terna, pensativa, pela vidraça embaçada. O amante chegaria, encharcado. Ela sairia correndo, lhe abriria os braços, sem importar-se com a chuva. Os violinos.

Paulão o olhou com o estranhamento habitual, viu-o sentar-se e esperou um pedido. Precisavam conversar alguma coisa. "O Ivo é teu professor, é?", perguntou com brutalidade, como se a situação precisasse ficar, fosse como fosse, compreensível. Ele concordou com a cabeça. O homem, então, foi até os fundos, gritou um nome de mulher, e uma figurinha rotunda, de olhos azuis, avental e touca, surgiu à porta que dava para a casa. "O guarda-chuva!", disse. Ela fez que sim, assustada, e correu no passo em que chegara, trazendo rapidamente o que ele pedira.

– Bicho que se mete com livro é sempre doido, distraído?

– Não sei não, senhor.

– O Ivo esqueceu aqui... Você pode levar pra ele, no ginásio?

– ... Posso. Acho que posso. É dele mesmo?

– Mas claro, menino. Bebeu um pouco demais, ontem. Quando foi embora, era tarde e não chovia... – Pareceu lembrar-se de alguma coisa particularmente engraçada e talvez sórdida – Chega, me leve isto! É bom artigo, deve ser caro. E ele deve precisar... – Riu.

Afastou-se com o presente e a tarefa. Não podia crer que tinha para si, por algum tempo, uma coisa que o levaria a ele. Nada havia nesse guarda-chuva que o distinguisse de quantos conhecia, mas, ao chegar em casa, sem olhar para a mãe, sem ouvi-la dizer para que ficasse na cozinha esperando por um cozido de carne com mandioca, subiu ao quarto, pôs o objeto numa cadeira, sentou-se na cama e ficou estudando-o longamente. Pensava, pensava, comovia-se, balançava a cabeça, estava incrédulo, tonto, feliz, e, de repente, os tremores, de novo a necessidade de rezar. Abriu o livrinho de orações. Não tinha que se livrar de alguma coisa. Tinha que consegui-la. Rezou para ser bem-sucedido.

A casa nada tinha de peculiar em meio a umas poucas outras de um quarteirão em que os terrenos baldios dominavam. A chuva vinha fininha, véu cortante aguçado pelo vento, e a rua toda tinha postes a distâncias irregulares, com as lâmpadas acesas embaçadas sob os pratos. Esforçava-se por ir devagar, por não se deixar dominar pela euforia que também lhe trazia tremores e poderia precipitar um dos desmaios. Não gostaria de cair ali, onde não seria reconhecido, se bem que avaliasse sempre mal o tamanho da cidade de tanto viver em imaginação: era provável que fosse fartamente conhecido e agora mesmo julgava ouvir o odioso "Vitinhôôôô!" emergindo de alguns ruídos vagos de pratos e conversas numa casa.

No bar do Paulão, sentia-se inteiramente deslocado, como se trouxesse, com sua chegada, feito uma cauda de réptil indefinível, uma bizarrice denunciadora sobre a qual não possuísse o menor controle: os olhares, os cochichos vestiam-lhe uma saia, penduravam-lhe brincos, pulseiras, colares, punham esmalte em seus dedos, batom em sua boca, para melhor discernir, distanciar, e ele se rebelava, porque isso não combinava com o que tinha entre as pernas. Se ousasse rebelar-se e dizer que era um igual, sentia que o matariam. Era melhor fazer um acordo silencioso com esses brutos que podiam decidir o que ele era – afinal, eram bonitos, desejáveis, outros.

A impressão de que era seguido por xingamentos e risadinhas apressou-lhe o passo e, em pouco, estava diante do portão, tudo escuro, exceto por um pouquinho de luz lá pelos fundos, numa dependência de madeira, que parecia uma pequena oficina. A que coisas ele se dedicava?

Ruim bater à porta assim, trêmulo, incapaz de pensar claro, quanto mais de falar qualquer coisa quando ele surgisse para atender, em roupa doméstica. Ouvia cães latindo em casas próximas e tinha medo. Ficar debaixo da chuva não era sensato. Entrou, deteve-se na varanda, fechou o seu guarda-chuva, apalpou com reverência e cuidado o embrulho que fizera para trazer o dele. Que fazer? Um pouco de barulho lá dentro chamou-lhe a atenção. Ouviu então a voz entoando: "Não devia/ e por isso me condeno/ sendo do morro e moreno/ amar a deusa do asfalto...", depois "Gafieira de gente bem é boate/ onde a noite esconde a bobagem que acontece..." e talvez o que fosse o ruído de um chuveiro. Tremeu. Imaginá-lo nu, alegre sob a água, dava-lhe um tal desespero por entrar que tinha de conter-se para não arrombar essa porta, quebrar esse vitrô. Acalmou-se, apertando o pulso para não sentir a palpitação, mordendo os lábios até sangrar. Pensou em William Holden na praia, de calção, e em Jennifer Jones com o cigarro. Teve um lampejo vivo e repulsivo de Alfeu no mato, afastando-se para limparse mais além, depois de tudo. O desdém de Cláudio, também no final, era mais virulento: esfregava a única parte que se autorizara a usar no ato com um lenço sujo arrancado do bolso, cuspindo, olhando-o como algo que precisava ser imediatamente esquecido.

Devia haver um meio de ver o professor sem que ele soubesse. Deu a volta pela casa e aproximouse do que deveria ser a janelinha do banheiro. Muito alta, bem vedada, mas sim, estava ali, ali a voz era mais clara, ali podia quase vê-lo passando-se o sabonete, o corpaço em festa com a água, "se não fosse o amigo violão/ eu morria de saudades e de dor...". Era preciso, com toda a aflição, com todo o desejo do mundo, esperar.

Voltou à porta da frente, aninhou-se na varanda. O escuro parecia-lhe a melhor saída, o escuro, a espera, o ouvido atento à movimentação mínima que ocorresse lá dentro. A uma certa altura, ele estava próximo, devia estar na sala, e ele ouviu uns passos de chinelos, uma batida em algum móvel, e teve um susto quando estourou uma voz de rádio falando de Ademar de Barros, a seguir "Que murmuren/ no me importa que murmuren..." e uma estação com comentaristas de futebol, em que ele se deteve. Era o momento de bater à porta. Bateu. Ouviu que o volume do rádio era baixado e um "Quem é?" se ergueu. Respondeu que "eu" fracamente. Ele tornou a perguntar, com alguma agressividade. Não teve outro meio que não se calar e bater com mais força. O professor acendeu a luz da varanda e, como que acuado pela luminosidade, ele encostou-se à parede, logo acima de sua cabeça o trio de andorinhas de louça. Agarrava com muita força o embrulho.

– Porra, quem é? – Ele abriu a porta, virou-se e viu-o daquele jeito, como se querendo fundir-se à parede. – Ô, Vitor, é você aí? Que coisa! Entra, menino...

– Pode entrar mesmo?

– Mas, é claro! Vamos entrando, sentando aí...

Olha, aquele sofá. Deixa eu preparar um café. Não sai muito bom, mas dá pro meu cigarro.

Usava um conjunto de pijama bem surrado, de um azul já quase cinzento, e movia-se com aquela desenvoltura que ele sabia que não teria nunca: o à-vontade de um homem adulto de bem com os músculos, com as idéias, com os atributos justamente distribuídos. Voltou com duas xícaras de café. Depois, sentou-se no sofá em frente ao seu, perto demais do seu, na verdade, o que o obrigava a recuar para o recosto, forçosamente limitando-se, encolhendo-se. Não queria de modo algum que lhe percebesse os tremores. Estendeu o embrulho.

– O que é isso?

– O Paulão mandou entregar para o senhor.

– "Senhor", menino, que é isso? Ivo, para você...

– Ivo... O senhor, você... esqueceu lá...

– É verdade. Já perdi dois neste ano. – Pôs o guarda-chuva num porta-chapéus antigo, conferiu seu rosto em relance no pequeno espelho redondo.

– Você... como vai tua saúde? E a mãe, a irmã? Faz falta lá na escola, o Irineu reclama. Ainda escreve aquelas coisas bonitas?

– Escrevo... – E lembrou-se de seu caderno com o recorte de William Holden. Isso o fez sentir-se envergonhado e mover-se, inquieto, no sofá. Não havia muito assunto, Ivo levantou-se, esperando que ele se levantasse e se despedisse, mas não conseguia erguer-se, olhava para ele diretamente, e, claro, devia estar pálido, porque o homem notava algo, se inquietava, ia à janela, aspirava o ar da noite, dizia qualquer coisa sobre a chuva. Ele nem tocara no café, esfriando numa mesinha de centro. Viu revistas, recortes de fotografias de jogadores nas paredes; mais além, numa saleta, havia uma estante; a maior parte dos livros versava sobre Educação Física, mas havia os romances de Alencar e papéis, pastas volumosas se enfileiravam com discos. Tinha vontade de perguntar tantas coisas que não havia outro meio de exprimir-se senão por uma mudez ansiosa à espera de ser quebrada pelo lado de fora. O professor o avaliava. Pediu-lhe para segui-lo. Ia mostrar-lhe a casa. "Não tem nada de extraordinário aqui. Moro sozinho, me viro como posso. Tem a Dona Gildete, que vem aqui quando não estou, faz faxina semanal, ajuda...", explicava, indo à sua frente, acendendo luzes. Num tapete da cozinha, um gato preto e branco acordou, abriu os olhos e fitou a visita com um interesse longínquo.

Entraram no quarto. Era ali, num canto, que estavam a vitrola, o violão. Na parede, flâmulas, um diploma emoldurado, e, no criado-mudo, o retrato da loura, que não era bonita, mas bastante comum, ao lado uma caixa de remédios, um copo com um resto de água. A cama era de casal. "Gosto de largueza, conforto", ele justificou-se.

– O senhor, você... canta muito bem.

– Gosta? Arranho umas coisas...

– A do "porvir risonho"...

– Nélson Gonçalves. Lá no bar, pedem isso sempre.

– Vou sempre lá.

– Não diga! Nunca te vi, olha só. Bom, já está quase homem. Pode tomar umas.

Não respondeu. Sentou-se na cama, apalpou o lençol e retirou a mão lentamente, aspirando o cheiro ideal que supunha impregnar o tecido. Ele o olhou, um pouco intrigado, e, para disfarçar o embaraço, apanhou o violão, caçou acordes soltos, assoviou para si mesmo uma coisa qualquer que o agradava.

– Já tenho que ir embora.

– É cedo. A visita me deu prazer.

– Verdade? O senhor... você gostou?

– Claro que sim. Pode voltar quando quiser.

Então, fez o que não esperava de si e que o homem não pôde impedir, de surpreendido: abaixou-se, ajoelhou-se, agarrou-o pelos joelhos e disse coisas que nada eram, uns murmúrios atropelados, pedidos, pedidos impossíveis, entrecortados por sons que lhe saíam sem querer, ganidos do que parecia adoração e agonia, a mão à procura do proibido, mas mal o roçara, fora agarrada a tempo e repelida – ele respondia atando-lhe o pulso, o olhar sério, espantado, recuando. Lutaram assim por algum tempo, sem palavras, e quando ele falou, foi com voz baixa, carregada de gravidade, vergonha, assombro: – Que é isso, seu...?

– Você sabe... Eu quero...

– Por favor, não me diga mais nada. Vai embora. Já! – Foi conduzindo-o, trapo, pelo corredor estreito e curto à saleta, à sala, à porta da rua. Carregava-o com a energia da indignação, não era brutal, não queria machucá-lo, mas a boca se contraíra, tinha um ar decidido a expelir dali a realidade desagradável e, porque precisava usar de força parecia confundir-se, sentia pena, mas estava confuso, horrorizado.

– Ivo, por favor... Deixa eu ficar!

– Vamos, vamos, acaba com isso! Pelo amor de Deus, vergonha, vergonha! Merda, eu não sei o que dizer, eu não sei! – balançava a cabeça, uma incredulidade entre piedade e repulsa, no olhar um lampejo da lembrança de sussurros ouvidos no ginásio e agora confirmados, mas não, o que fizera para que lhe acontecesse isso? Confundia-se, porque de algum modo estava lisonjeado também, mas não podia, não podia – como fora despertar essa coisa, essa impossibilidade, essa sujeira?

A porta lhe foi fechada com violência. Ficou ali, pasmo, olhando para o trio de andorinhas de louça, para o vitrô, a água acumulada no piso esfriando-lhe os pés. Viu que uma por uma as lâmpadas eram apagadas. Todos os ruídos cessaram. Virou-se para voltar para casa.

Terminadas as chuvas, uns dias muito quentes, as mangas espadas desabando no chão forrado de frutas apodrecidas, folhas, mosquitos. Não sentia vontade de falar e, à mesa do café, a mãe o olhava perguntando-se coisas que não ousava formular, a irmã vagando inquieta porque uma carta lhe viera de Potirendaba e ela achava, contra as idéias muito claras e restritivas de dona Elú, que o viajante era um bom homem, que seria um marido decente – oh, *marido,* quanto antes melhor!

A palavra deixava Vítor num devaneio magoado em que a figura do professor lhe reaparecia. Não sabia se odiava pela resistência ou o considerava, agora sim, mais adorável por tanta integridade viril. "Marido", murmurou para si. Jennifer Jones esperara em vão que William Holden voltasse da guerra, debaixo daquela árvore.

Na rua, no centro, diante dos cartazes do Cine Flama. Por dias a fio, os programas eram de faroestes, filmes de guerra, produções pequenas, em preto e branco, e era odioso não encontrar um só em que houvesse romance, em que se destacasse uma atriz. À entrada, conversando com gente do ginásio, viu o professor uma noite. Estava certo de que ele o vira, mas, de costas, dava toda a atenção a uma normalista, que o ouvia embevecida. Foi ver o filme desinteressado, apenas à espera de encontrá-lo lá, no escuro, entre as cabeças e vultos, mas ele não havia entrado. Teve que se contentar com as expressões duras de Aldo Ray e Robert Ryan num campo de batalha sem graça.

Os caminhos eram sempre esses: praça, igreja, a passagem por um ou outro último bar aberto, sombras masculinas que desciam e subiam pelas ruas desertas, o interesse súbito que lhe despertava alguma que não se acanhava para parar junto a uma árvore para urinar. Uma série de luzes indicava, lá embaixo, o bar do Paulão aberto. Esperançoso, encaminhou-se para os movimentos, as vozes. A uma distância segura, examinou todos os freqüentadores, caras conhecidas, mas nenhuma a dele. Sentiu vontade de entrar e sondar Paulão a respeito de seu paradeiro. Não tinha coragem. Ficou na calçada e, a passos lentos, indecisos, pensou em como era ruim voltar para casa.

No caminho, sempre parando para encostar-se aos muros, para olhar quintais, para desejar que de alguma daquelas janelas ou portas, varandas, árvores, emergisse algo que o arrebatasse, que lhe desse o extraordinário, ouviu, bem adiante, quase no quarteirão de sua casa, uma coisa macia, cheia, lenta, aproximando-se. Na rua sem iluminação, os faróis. Um carro grande, preto. O homem ao volante olhava-o, sorrindo. Era conhecido: chofer de praça, lembrava-se que levara a mãe a Ibirá, quando lhe morrera uma tia. Ele passava dos cinqüenta anos, sem dúvida, as costeletas grisalhas, os cabelos escasseando, um dente de ouro, flácido, um pouco de papada. Lembrava-se agora de que não era uma cara estranha entre os freqüentadores do Paulão. Deteve-se, interrogativo. Ele pediu para que se aproximasse do carro, abrisse a porta. "Oi, Vitinho...", disse. Cheirava a cachaça. "Vamos dar um passeio?"

Fazia por não sair à noite, fechado no quarto com o livrinho de orações. Mas punha-se à janela, contra as rezas, contra a vontade, e olhava para lá, para a rua, onde poderia apontar, suave, o carro preto. Uma noite saiu mal os postes se acendiam, disposto a atravessar a cidade em busca do carro, disposto a mostrar-se para o homem outra vez. Passou pelo bar do Paulão. O carro. Ele estava lá dentro, entre outros, mas, quando o viu, riu, dissimulou, coçou os pêlos do peito, indiferente, um desconhecido. Ele continuou andando, magoado, mas não demorou para que o carro aparecesse lá na frente, quando já se aproximava de casa. O homem apenas assoviou, ele voltou-se, a porta já estava aberta. Ao entrar, tremia, queria chorar, queria que o homem o abraçasse. Ele apenas pegou-lhe a mão e depositou-a onde queria que ela ficasse, dando partida. Procurando estradas bem distantes da cidade, caminhos de roça, furtivos, ia dirigindo com a braguilha aberta. Brusco, puxava-lhe a cabeça, fazia-o abaixar-se, esconder-se, para não ser visto se alguém aparecesse – sempre era possível um roceiro com sua carroça passar com um "boa noite". Fora do carro, ele queria assim. Detestava sujar os estofados.

Não tinham muito a dizer, a questão jamais fora conversar. Terminado, ele deitou-se no banco do carro, assoviando uma marchinha de Carnaval, satisfeito. Faltava apenas palitar os dentes. Lá fora, Vitor passeava nas imediações do carro, olhava para a lua, aspirava o cheiro do campo, sentia-se ungido pela noite. O homem ali, esse bruto, sem a menor maciez, esse canibal, seu homem... Sentiu ternura por ele. Cantarolando baixinho, agora enrolava um cigarro de palha, acendia-o com uma binga de chama alta e cheiro pronunciado de querosene. Vítor aproximou-se do rosto.

Quando se deu conta da proximidade de sua boca, ele pôs-se ereto e alerta no banco, pálido.

– Que é isso?

– Por que não me deixa te beijar?

– Ficou louco? Me acha fresco, filho da puta?

– Um beijo...

– Beijo de homem, desgraçado? Quer acabar com minha honra?

– Mas, nós...

– Nós nada! Precisava, ué... Homem precisando, qualquer buraco serve.

Passou a mão na boca, como se a abominação já tivesse acontecido ou mesmo a possibilidade precisasse ser expelida com repugnância a mais enérgica, e cuspiu pela janela. Depois, furioso, abriu a porta, enfiou-se pela estrada escura, parou junto a um barranco e urinou grosso, longamente. Ao voltar, empurrou-o com bastante força para o canto onde tinha que ficar, que não se mexesse, que não desse um pio. O carro saiu veloz. Muito depois, quando já se aproximavam da cidade, quietos, Vítor, olhando para os olhinhos de curiangos alumiados pelos faróis à beira do caminho, conseguiu falar.

– A gente se vê ainda?

– Não sei. Tome tento, não me venha com frescuras e aí, vou pensar...

– Vou te pedir uma coisa...

– Veja lá!

– Posso te chamar de Ivo?

O vestido lilás

Por muitos dias ele a tinha visto emergir da praça das quaresmeiras, usando o mesmo vestido lilás que lhe caía com a justeza de uma extensão natural do corpo esguio, e esse tecido meio eólico lhe parecia o próprio mistério de sua feminilidade em ondulação. Vinha com uma bolsa, cabisbaixa, um tanto desatenta à passagem rápida dos carros, passava pelo posto de gasolina e entrava num sobrado velho, com um ar de desabitado, apressada. Ele sorvia os gestos: os passos suaves e precisos, a graça com que alcançava o trinco do portão alto, de ferro, e o abria para entrar, pondo-se na ponta dos sapatos, meio dançarina – não sem antes olhar para trás, para os lados, com uma desconfiança ou uma expectativa inquieta. Era estranho que, conferindo tanto o que havia ao redor, não houvesse nenhuma vez, nesses dias, dado com o mais interessado dos observadores logo ali em frente, no bar, com um bloquinho de desenho, um lápis e uma garrafa de refrigerante.

Ele havia tentado desenhá-la. Não lhe saíra mal: a mulher de cabelos fartos, avançando com a bolsa e o vestido ondulante pela praça, era um pouco ela, fora de dúvida. Precisava ter um nome. Batizou-a de "Nora". Parecia satisfatório. "Nora" era alguma figura de romance, uma mulher longilínea, vagamente britânica, vagamente aristocrática, padecendo de algum mal misterioso, muito feminina, muito vulnerável – em suma, romântica. Era exatamente a mulher que poderia precisar de um homem decidido, em dado momento, não importando que esse homem fosse pobre, feio, desprezível; a função de paladino o tornava superior a tudo isso.

Envergonhava-se do que lhe acontecia quando ela passava; disfarçando o quanto podia o relevo dolorido e patente, trancava-se num banheirinho cuja chave a moça do balcão lhe entregava. Precisava fechar os olhos e ignorar a pia, o cestinho de papel, o vitrô quebrado, e gania baixinho, para que a moça do balcão, que ficava bem perto, não o ouvisse. Saía penteando-se os cabelos, ajeitava-se. Tinha vontade de perguntar à moça se o achava bonito. Absurdo: ela era séria, uma carranca invencível, e usava aliança.

O dinheiro lhe acabava. Estava dando para um refrigerante diário, mas, dentro em pouco, já não teria justificativa para postar-se ali, na mesa, e esperar que o vestido lilás emergisse da praça. Nenhum sentido teria a sua vida se perdesse essa visão.

Voltar para casa lhe parecia, de cada vez, uma capitulação mais severa, uma condenação mais funda. Ficava numa vilinha de meia dúzia de casas iguais, mas era a mais combalida. Havia um vizinho idoso que só o cumprimentava quando chegava e de vez em quando deixava a cabeça fugaz apontar na borda da cortina. Miúdo, lívido, quase só ossos, era de uma desconfiança absurda, como se tivesse enormidades a defender. Às vezes vinha mais para perto do muro, recolhia o canário da terra, dava nova arrumação a um varal que ostentava umas poucas roupas, camisas de brim muito sovadas, cuecas esgarçadas, já sem cor precisa.

Envergonhava-se dos dias inúteis. Tinha certeza de que o vizinho comentava com outros que ele estava há muito tempo sem trabalho, que dormia de dia, em horas injustificáveis, e essa certeza o deixava infeliz no quarto, na cama, com o cigarro e o aparelhinho de som. Ainda assim, ouvia baixo Sam Cooke cantar "when I give my heart/ it will be completely..." Se tivesse voz, como sabia a letra, cantaria para Nora, e ela na certa gostaria. A canção combinava com ela – ou combinava com uma imprecisa mulher que sempre estivera presente em suas idas ao Cine Harmonia, em seus passeios solitários pela cidade, em seu desejo de um encontro imprevisto, mágico, numa esquina escura. Ela, que seria irrestritamente amada. Ela, que o compreenderia por inteiro, mudamente. E de novo as idéias sublimes lhe despertavam o apetite burro, obstinado, lá embaixo. E lembrava-se que, nada honrosamente, dava um jeito de roçar-se em mulheres mais distraídas e simplórias no ônibus. Mal percebiam, mas ele, às vezes, molhava-se. A necessidade o humilhava, não tinha descanso. Mas isso deixaria de ser uma servidão quando ela surgisse. A força, o orgulho, a mina de homem teriam a finalidade certa, a turbulência ficaria a serviço da adoração.

Deixava a casa. Procurava o bairro acima. Nos poucos tempos em que fora carteiro, as casas dali o impressionavam – imensas, telhas cinzentas, escamadas, e chaminés de tijolinhos expostos como em ilustrações de chalés europeus, as fachadas ousadas, a hera nos muros, tudo sempre fechado, às vezes um deslizar suave de porta eletrônica de garagem se abrindo, dando passagem a um carro com alguém inescrutável ao volante. Passear por ali era estar em outro país, decididamente. De uma daquelas janelas parecidas a vitrais o rosto de Nora bem que poderia emergir. Mas ela, ela sim – era impossível não reconhecê-la, embora não estivesse com o vestido lilás – saía de um portão inesperado, apressada como sempre. Rapidamente ganhou a rua e, lá adiante, dobrou uma esquina, sem uma só vez olhar para trás. Estava aturdido. Precisou encostar-se no muro, enfiar as mãos na cabeça, pensar.

Decidiu correr. Ainda foi possível vê-la longe. Tinha parado numa pequena praça, perto de um plátano, e, com os cabelos dessa vez presos em rabo-de-cavalo, dava sinal para um carro parar. Viu um homem de óculos escuros abrir a porta, viu-a entrar, viu que conversavam, que estavam nervosos e talvez discutissem, e depois o carro se foi. Ainda olhou por bom tempo para uma direção onde já não havia carro algum, nada. Era a primeira vez que a via conversar com outra pessoa. Imperioso saber de quem se tratava.

Nenhum esclarecimento. Postado no bar, fingindo interessar-se por circunstantes, viu-a de novo lá, as quaresmeiras ao fundo. Dessa vez, no entanto, hesitava em sair da praça, parecia preocupada em localizar algo ou alguém ao redor e o olhar vagava, atento e aflito. Viu que do posto de gasolina ela era olhada por um frentista e sentiu-se afrontado a ponto de fazer um gesto para levantar-se e ir tirar satisfações com o homem de macacão amarelo, cujo interesse por ela parecia-lhe indecente. Besteira: ela nada notava. Cansada de perscrutar o vazio, já tomava o rumo de sempre, já vinha para o ritual de pendurar-se no trinco e entrar no sobrado, engolida por uma porta de um verde-escuro descascado.

Hoje, no entanto, seria preciso esperar, esperar até que saísse. Não podia ficar indefinidamente no bar; encaminhou-se para a praça. Dali, de um daqueles bancos, olharia com liberdade para as janelas, para o sobrado, ficaria quanto tempo fosse necessário para ter de volta o vestido lilás. Ah, pensar no que poderia ser seu, no que era envolvido por aquele tecido de perfume, de nuvem, de suspiro! Cabia-lhe vigiar para que nada de horrível viesse dilacerar essa figurinha cuja fragilidade lhe parecia tão grande. Temerária, ela andava só, ela aceitava conversar com um sujeito de má cara num carro, ela se esgueirava pela cidade como que perseguida, disposta a resistir, mas sem ninguém que lhe oferecesse regaço para confissão, para refúgio, e a que coisas, a que desejos, a que ventos se expunha?

Um remoinho de florezinhas roxas lhe veio até os pés, no banco. O calçamento se enchia das flores. O tempo era quente, mas choveria. Uma das duas janelas velhas do sobrado abriu-se. Ela, bem afastada do parapeito, olhava. Esse olhar jamais o atingia e isso lhe doía – ela se detinha sobre tudo, investigava toda minúcia pertinente, mas ele, imenso, adorador descarado, sentindo-se mais evidente que um poste, lhe era invisível. Lá em cima, donzela na torre, concluiu que nada a interessava e fechou delicadamente as folhas. Desceu em seguida, os passos nervosos, segurando a bolsa como se precisasse defender-se de ameaças que ele poderia conjurar, se ela quisesse, se ela quisesse... "Confia em mim, Nora, eu estou aqui, logo atrás de você, logo atrás..." Dessa vez, não a perderia de vista. Seguiria o vestido lilás até onde estivesse o nexo dessa inquietação, desses movimentos pelo centro da cidade.

Ela só parou para entrar numa mercearia de importados. Ele a viu circular por trás da vitrine onde se acumulavam enormes queijos, garrafas de vinho, caixas de chocolate e latarias. Estava bem ali, um sonho caro, um sonho completamente inacessível para ele. Ficou algum tempo lá dentro – ele a olhava da calçada defronte – e, quando veio à porta, o carro da praça do plátano apareceu, deteve-se. O homem de óculos escuros chamou-a, sem deixar o volante. Ela parecia acuada, respondia que não entraria, não, não entraria, ele insistia, buzinando, o filho da puta, e atraindo olhares dos vendedores pouco além. Determinada, deu passos em fuga ao carro, que passou a segui-la, rente, a buzina soando, o homem impaciente. Queria agir, era preciso tirá-la dali, protegê-la na fuga. Inesperadamente, ela parou, e, balançando os cabelos, entrou. O homem a abraçou. Bateria nela, o desgraçado? Não, beijou-a. Era o dono do vestido lilás. Ela se debatia, sem força.

Nada mais era possível, mas ele ainda estava ali, no bar, e fazia outro desenho no bloquinho. Dava-se conta de que, além do corpo, do vestido, Nora precisava de um rosto mais definido. Via-lhe os cabelos, mas não saberia dizer a cor daqueles olhos, como era a boca, quais expressões eram mais freqüentes. Magoado sim, mas não se sentia traído, propriamente – sentia era um desejo furioso de saber qual a relação com o homem, que faziam eles e, bem, pedia de novo a chave do banheirinho à moça do balcão. Lá dentro, daquele jeito, empunhando monumento e lástima, tentava imaginar se o outro era tão forte, tão capaz, se resistiria a uma comparação, o que ela diria ao vê-los nus, embatendo-se, quem escolheria. Esmurrava o cano da descarga, a parede. Só conseguia machucar-se a mão, mas não, não ia gritar.

Ela vinha pela aléia, passava pelas quaresmeiras, entrava no sobrado. Ele precisava sair da mesa do bar, transpor a rua, dar um jeito de entrar também. Teve que esperar muito tempo para que a rua se esvaziasse. Noitinha, ela ainda não saíra dali e só por um instante viu – ou imaginou ver – um movimento na janela, lá no alto. Podia ficar no banco, espiando, pelo resto da vida – afinal, era a própria inexistência, para ela. Quando entrou, a noite era completa.

Não havia ali dentro um único móvel. A sala, imensa, era com certeza ocupada por cães, gatos e mendigos, porque o cheiro era inequívoco. Havia algumas roupas, jornais velhos e latas de cerveja pelos cantos. E, diante dele, uma escada de madeira, sem corrimão. Precisava subi-la sem ruído. Ele a sabia, a sentia lá em cima, talvez em sua janela de espreitas.

Havia luz num dos quartos. E dele vinha o cheiro – de quê? Precisaria rastrear tudo – as tábuas do assoalho, um miasma de porões, excremento de bicho, algo como detergente, pó, doença, pus, gaze. O quarto era mobiliado, embora, oblíquo, cauteloso, só avistasse um armário. Depois, viu uma cadeira virada, um cesto, e a bolsa, a bolsa, sim, ela a jogara no chão. Parou. Não havia um ruído, ela teria saído e ele não a vira? Então, o cheiro se intensificou e ele deu-se conta de que não tinha visto a cama. A cama. Estava perto de uma penteadeira em desordem.

Deitada, o vestido lilás, as pernas, os seios inteiros, emergindo dos rasgos. Sangue, sangue nunca é da cor que se pensa – não, não, é sujo, é de um carmim torpe, inaceitável. Ah, tentação de fazer algo, de guardar tudo isso, proteger tudo, dar início a um gesto de posse, anulação, redenção! Não tinha sabido como era o rosto – e não saberia nunca – para desenhá-lo. Impossível ver o que estava atrás daquilo que fora uma face. Impossível entender como ela fora capaz de fazer-se tamanho estrago com uns cacos de espelho.

Os senhores do lago

Para Ronaldo Cagiano, em Brasília

— É aquele...

Ele olhou para um homem que, todo de branco, acabava de entrar na lanchonete, encostava-se ao balcão e pedia alguma coisa. Ouvia o que tinha que ser feito, a voz do outro até aí fora apenas uma série de comandos e descrições sucintos, o dia, a hora, o lugar, e tremia, porque seria a primeira vez, embora conviesse a seu interlocutor não ter disso a menor suspeita. "Tá bem, sei, sei", repetia a cada orientação, enquanto era olhado com alguma malícia, porque afirmava demais, concordava depressa demais, e o outro passava a ponta do polegar direito pela sobrancelha, meditando, guardando algo como uma risadinha para si – bem, fosse calouro, problema seu.

O homem de branco apontado devia ser médico ou dentista, tinha um sorriso de dentes bem cuidados, um ar de limpeza, boa educação e delicadeza que o deixava meio incongruente na vulgaridade do lugar, atendido por um sujeito que brandia uma escumadeira e a mergulhava em óleo fervente.

Por que se metera nisso? – era evidente que se tratava de um bom sujeito, alguém que era preciso não olhar, não olhar, para ser eficaz, para cumprir o trato.

– Vou precisar de um adiantamento.

– Bom... – o homem abriu uma carteira, tirou algumas notas e colocou-as na mesa, como se lhe dispusesse cartas de um baralho. – Basta?

– Dá... – pegou-as depressa. – Dia 9, dez da noite, sem falta?

– Sem falta.

– Casa grande, na floresta, no Recreio 7?

– Certo.

– Me esperem lá.

Viu seu contratante levantar-se, enfiar pedaços da camisa por dentro das calças – era um homem que engordava e devia incomodar-se bastante com a banha, mas tinha boa altura e não parecia desajeitado; com o celular na cintura, afastou-se rumo a um carro que veio apanhá-lo lá fora, azul-escuro, comprido, no volante um homem de idade, ao lado, uma mulher.

Ele vinha à lanchonete porque o consultório era perto. Caminhava devagar, elegantemente, e apertava as mãos de quantos passassem pelo balcão, às vezes conversando mais detidamente com algum dos freqüentadores. Com um copo de cerveja, ele o vigiava de uma mesa que passara a ser a sua mais constante, e chegava a temer que a mostarda, o ketchup, a maionese ou o óleo dos pastéis pingassem naquela camisa de mangas longas, nas calças bem ajustadas, no rosto barbeado e claro – o objeto de sua vigília tinha que ser imaculado.

Os cabelos também eram brancos e tinha um ar de afabilidade que parecia inalterável. Temia que o notasse e se aproximasse da sua mesa para conversar – qualquer contato que o fizesse gostar ainda mais dele precisava ser evitado, de modo que empurrava a mesa para um pouco além, para trás de uma coluna de onde podia observá-lo sem perigo, ostentando cara pouco sociável; em todo caso, eram muitos os freqüentadores naquela hora e ele podia escolher entre os que lhe ficavam por perto; trêmulo, precisava comer e, enquanto fitava seu alvo, pedia um, dois daqueles pequenos sanduíches que vinham com refrigerantes, a um preço de promoção. Eram dos mesmos que o homem de branco comia. Gostaria, aliás, de comer daquele jeito, com as mãos parecendo ágeis, desenvoltas, não enfiando grandes bocados na boca, engolindo bem e só falando depois de tê-lo feito, não perdendo a pose nem ali onde ninguém se preocuparia com isso.

Podia ser um caso de ciúme, porque era um tipo que devia atrair mulheres sem maiores problemas, e não queria pensar no que iriam fazer com ele de maneira alguma. Tinha que levá-lo desmaiado até a casa, qualquer pergunta além que tivesse feito ao homem na noite de sábado teria sido considerada muito mais que impertinente, roçaria um território de onde poderiam emergir ameaças contra as quais era um suspiro. Entregar limpo, atordoado, e sumir; o resto do dinheiro estaria lá. A mercadoria, no entanto, era mais que isso, e o destino que ela teria o preocupava mais do que queria admitir.

Pensou no Recreio 7, no lago que se ampliara enquanto cresciam, entre a mata de serra, os espaços destinados a residências que ficavam praticamente ocultas, naquele lado da cidade. Quem morava ali? Chegara ao limiar de uma propriedade grande uma vez, acompanhando um amigo que tinha um Corcel velho e que tivera a curiosidade de descer para olhar, tomando coragem diante de um portão altíssimo cheio de avisos, inclusive um sobre cães ferozes. Não se via muito – era um caminho estreito, asfaltado, margeado por uma espécie mais clara de pinheiros, que ia progressivamente afundando em breu, longe algumas luzes bem incertas, os latidos, uma pontinha de música. O amigo assoviara, gritara, rira, e, irritado com o pouco que podia ser visto e compreendido, dera um pontapé no portão; para terminar, urinara sobre ele, pedindo para que urinasse também. Os dois molharam alegre e ruidosamente aquela coisa impeditiva.

Agora, conhecia melhor o homem de branco, estivera na rua, diante do consultório, algumas vezes, e tinha que segui-lo para saber o momento e o lugar certos de apanhá-lo. Parecia-lhe que essa perseguição tornava a cidade ainda maior, mais populosa, variada e menos definida, como se as possibilidades de sua vida tivessem aumentado dramaticamente, como se nunca tivesse notado a quantidade de bares, restaurantes, clubes, retiros, passagens, ruas, praças, avenidas, bairros, motéis, cinemas, onde poderia haver coisas das quais a pobreza e a timidez sempre o tinham excluído. Pedira um carro alugado por uns dias, na oficina de Fininho, dado a desmanches. O veículo falhava tristemente, era preciso interromper a busca, e muitas vezes perdera o homem de vista, voltando à frente do consultório no dia seguinte para retomar o trabalho do ponto mais certo e conhecido. Seu perseguido visitava muita gente, tinha uma vida de imprevistos, de rotas que pareciam se definir de última hora, mas já lhe descobrira a casa, pequena, num bairro de classe média, e vira que morava só – ou pelo menos ninguém o recebia quando chegava, punha o carro na garagem e entrava, confiante, por uma varanda onde havia muitas plantas. Não suspeitava em nenhum momento? Não – doía-lhe que fosse tão inconsciente do que lhe era preparado, contraía-se porque era o instrumento pelo qual o homem tinha que chegar a esse destino incompreensível também para ele. Eram apenas carga e carregador.

Morava num quartinho de fundos e agora, sentindo-se culpado, o achava decididamente mais parecido a um esconderijo. Mal conhecia o dono, cujos passos, tosses, ruídos, ouvia com certa clareza – um cinqüentão solitário, com um rosto sério no qual não se podia ler quase nada, talvez solteirão, talvez viúvo, que estava fora o mais do tempo – podia ser que se dedicasse a uma das religiões novas que se espalhavam pelo bairro, tinha um jeito de quem portasse Bíblia ou panfletos apocalípticos na valise, de que não se desgrudava. As duas casas vizinhas estavam para venda ou aluguel, de modo que ninguém o olhava entrar pelo portão lateral, passar pelo corredor e ir trancar-se no aposento. Por vezes, tarde da noite, trouxera Lina para ali, para amarem-se procurando não fazer sons altos e acordar o homem. Cansada, triste, ela achava melhor que fizessem, como em outras vezes, na rua mesmo, nalgum daqueles cantos escuros ou num terreno baldio, porque se resignava ao fato de só ele gozar e pouco lhe importava onde fosse. As dívidas em dinheiro que tinha para com ela – que se torturava num emprego de duzentos e cinqüenta reais, fritando salgadinhos para o comércio de um coreano – o levaram a considerar com seriedade o que Fininho lhe dissera uma noite, sobre um sujeito que andava pelo bairro à procura de alguém para um serviço de que só falaria ao interessado.

O adiantamento o entusiasmara – uma parte dera para ela, que não ousava perguntar muito, e o resto lhe ficara no bolso como garantia de que teria umas boas duas semanas de proveito feliz e incerto pela cidade, enquanto seguisse o homem designado. Encantara-se com uma certa casa furtiva, muito antes do trato, e fora a primeira que procurara ao sentir-se meio rico. Queria o que não era Lina. Queria num cômodo confortável, com direito a bons perfumes, a ser servido de muitos modos e podendo ficar nu sem a preocupação de ter que recolocar as calças a alguma voz, alguma presença.

Pensava, sem querer, em sua missão, misturando água em café solúvel, tarde da noite. Não dormia bem, apesar de sair amplamente satisfeito daqueles corpos comodamente seus e ter ali, no aposento, mais víveres, latarias, luxos, nas prateleiras, na geladeira, no chão. Tinha a impressão de que o homem de branco já lhe era uma espécie de talismã, um amigo – alguém que seria doce proteger, com quem seria possível conversar sem medo, sem defesas. Existiria uma coisa assim, um igual que não precisava ser hostilizado? Teria prazer de abraçar-se com o branco daquela roupa, bater naquelas costas, sacudi-lo, rir, brincar com ele, ouvir seus conselhos, fazer-lhe confidências. Não estava sendo estúpido em julgá-lo uma espécie de santo só porque estava assim, tão desamparado diante do que lhe fora planejado? Tinha fartas lições de como podia ser estúpido afeiçoar-se a qualquer um que lhe parecesse amigo, mas nesse tempo de perseguição como que o conhecera melhor, e ninguém nunca lhe parecera tão inofensivo, mesmo estupidamente meigo, sorrindo para quem nem o olhava, dono de uma simpatia pela qual – por quê? – tinha de ser punido.

Foi para fora, olhou para o céu, e imaginou como poderia ser a noite daqueles lados, muito para além dos telhados e dos morros escuros no horizonte do bairro – não sabia nada de pontos cardeais, a direção poderia ser outra, mas ia em pensamento para a área residencial fechada pelas muitas árvores e revia o lago, revia o caminho asfaltado, o portão, os avisos. Entraria com o corpo sem sentidos, iria levá-lo lá para a frente, onde o contratante estaria à sua espera, ao fundo o carro azul-escuro. Na certa veria, em precários lampejos, a passagem do homem de idade, talvez vislumbrasse a mulher numa das janelas.

E não poderia perguntar nada. E teria que voltar sem nem pensar em olhar para trás, lutando para não se lembrar do pássaro branco que entregara desacordado.

Ele deixara o consultório por volta de seis da tarde, no dia escuro, já as luzes de mercúrio tendo de ser acesas contra o céu de um pretume azulado crescente de tempestade, mas era, de algum modo, doce sentir toda a água que era prometida no ar, no vento, nas árvores que se curvavam, irreais de tão verdes, enquanto seguia o carro, que ia sem pressa. Na casa, ao sair da garagem, não pareceu assustado ou nem teve tempo para isso, porque ele já lhe enfiava o lenço no nariz. Murmurou um pedido enviesado de desculpa aos seus ouvidos enquanto o punha – esse corpo era pesado, bem pesado – no banco traseiro. Chovia muito, mas já estava limpo quando entrou no Recreio e percorreu um longo caminho, certo apenas da faixa de asfalto e dos eucaliptos fechados e cheirosos pelos quais passava. O contratante vigiava um portão bem mais baixo e trivial que aquele com que ele e o amigo tinham se deparado.

Apanhou o corpo e entregou-lhe o resto do dinheiro. Ao fundo de uma aléia, a casa era imensa, todas as janelas iluminadas, ninguém à vista. Contou as notas e voltou à cidade, não pensando em nada para não ser dominado por um desânimo estranho, que começava como que lhe abatendo pela espinha, que o fazia querer curvar-se até o ponto de ser tragado por alguma abençoada inconsciência, no fundo do trajeto, no volante, nas coisas e pessoas que ia vendo. Precisava de uma atenção absurda para não deixar que os outros carros lhe batessem.

O dinheiro, num maço, foi parar sobre uma cômoda pequena onde guardava as roupas, misturado a vidros de loção, desodorante, um despertador e remédios. Não queria gastá-lo e não ousava sair de casa, medroso de que as ruas o acusassem, de que todos os rostos soubessem, de que policiais o interpelassem, cheios de uma convicção mordaz contra a qual ele se justificaria em vão. Jogado na cama, recusava-se a abrir a porta para as batidas e a voz de Lina, ouvia o proprietário mover-se do outro lado, um escarro, uns passos mais rápidos, e não se movia, fumando, fumando.

Foi para comprar cigarros que saiu numa certa manhã, e o armazém de que se valia ficava perto, não mais que um quarteirão – achou, no entanto, que a roupa devia estar muito amassada, os cabelos em péssimo estado, o rosto pálido, porque o olhavam muito, pondo atenção nos chinelos, que eram de cores diferentes. Havia jornais? Queria um, comprou o que o dono tinha ali, largado junto a vidros transparentes de doces, de uma data anterior. O rosto... Na cama, examinou esse rosto abaixo do qual se dizia do desaparecimento e do mistério que persistia. Vira-o de muito perto, quando precisara aturdi-lo, e, disposto assim, numa página policial, numa fotografia reproduzida de documento, não parecia o mesmo. O nome, as características, o endereço, que lhe importavam? Não era muito conhecido, estava havia apenas dois anos na cidade, com o consultório. Divorciado. Dois filhos. Não se parecia com o homem que subjugara, podia bem ser um engano, mas, não.

Com a janela aberta, sentiu-se, subitamente, à mercê de não sabia quais olhos e era bom que não o vissem comovido. Fechou-a. Num outro jornal, muitos maços de cigarro e dois dias depois, um retângulo com fotografia de uma extensão de água e um barco falava de dois corpos masculinos encontrados no lago – um deles, de decomposição mais recente. Espantavam as mutilações e o desaparecimento de vários órgãos.

Perdia peso, era absurdo, nauseante comer. O que se come, o que se compra para comer! – todas essas latas, essas bandejas de frango e presunto, esse pacotinho de carne moída na geladeira, pareciam-lhe de uma opulência decididamente obscena. Punha-se a ler alguns dos velhos livrinhos de crime, espionagem e faroeste que acumulava sob a cama. Misturavam-se a coleções femininas, aos livros de banca, com suas letras douradas em relevo e suas mulheres e homens tendo ao fundo cenários de mansões, que Lina trazia. Sem sono, porque não era possível ficar assim, só dormindo, tanto tempo.

Numa noite, levanta-se porque ouve, claro, o ruído do carro azul, longo, seu motorista e ocupantes, à porta. Sai, vestido da roupa de casa, puída como está, e não tem hesitação em entrar, quando o contratante lhe faz o sinal com o indicador. Integra-se à forma do estofado, à semi-obscuridade macia do interior, onde o velho o olha e avalia, e a mulher dá continuidade à inquirição do olhar depositando a mão sobre a sua calça. O que ela procura desabrocha sob o olhar do homem. O velho pensa, mede, demora um pouco a aprovar. Ele deixa, tranqüilo, sem vergonha do exame, e parece ouvir, agora, por trás das expressões, o murmúrio furtivo do lago, algo como um ronco morno, um suspiro de azuis escuros, de águas muito fundas e muito lisas.

Os dois o aconchegam e fazem-no pequenino como se fossem algo querido e antigo, como se formassem a família que lhe é possível. "Terceiro", o motorista murmura, e a noite os leva.

A sala acesa

Tinha sido abordado, a conversa não lhe interessava (se aquilo fosse o começo de uma; o outro apenas dissera qualquer coisa de "saúde", o quê?), as muitas vozes, as passagens dos tantos corpos, dos desencontrados perfumes misturados aos cheiros outros (do bueiro, de bacon frito em carrinho de lanches, de urina onipresente), a indecisão entre ir ou ficar, o copo de cerveja, o maço de cigarros, o isqueiro, tudo o deixando distraído para concentrar-se na figura, que lhe parecia bamba, grogue demais, para merecer atenção.

Fugir – Deus, tantos os chatos, os estropiados! Detestável ter escolhido precisamente esse bar, dos que menos o atraíam nas noites em que tinha que ficar no terminal, fazendo hora para o seu ônibus. "Não quer me escutar, parceiro?", o outro perguntara, sondando. "Não quero porra nenhuma. Me deixa em paz, some!", pensava, mas não respondia nada, não podia estimulá-lo, talvez fosse caso de pagar a conta já, de ir-se embora, contornando o corpo que se plantara quase colado no seu, o rosto querendo desabar em seu colarinho, mas havia a necessidade de ver Dulce. Ela também sabia ser esquiva, fazer-se de difícil, apostando que ele teria que procurá-la.

Fora ali que ela pela primeira vez o vira e avaliara, no quarteirão dominado pelo excesso de amarelos do terminal, território de luz que parecia anormal contra o resto escuro das casas próximas, o néon pouco das lojas fechadas, os prédios em fileiras ao fundo, sempre de luzes apagadas. Um sujeito no mictório, que conhecia como vendedor de não lembrava o quê, lhe dissera, compreendendo seu desespero, meio solidário meio rindo, que era permanecer na plataforma e alguma coisa aconteceria. Entendera. Melhor que não fosse um daqueles velhos que estacionavam seus carros em quarteirões laterais escuros, falando baixo, com aquelas vozes assustadoras de ansiedade, o olhar cravado no que interessava, meio afogando-se de água na boca, negociando. Ela lhe aparecera a pé, um pouco trôpega, o vestido amassado. Em pouco, se confessava, começava a chorar, tinha tomado uns quatro, cinco Lexotans. E o fizera segui-la ao apartamento.

O sujeito abriu uma carteira com dificuldade no balcão – palha para cigarro, duas fotografias pequenas, RG e papeizinhos diversos, algumas notas. Amarrotou a de dez, entregou para a moça que passava uma coxinha a alguém, amuada. O tom avermelhado da cédula o fez suspirar, cúpido, com raiva de nada ter – era pagar a conta, pequenina, apalpar o passe de ônibus, que estava ali no bolso (ah, se o perdesse!) e resignar-se. Passou a olhá-lo com mais cuidado.

Estava mal, precisava de fato de quem o ouvisse, talvez até de quem o levasse para casa. Devia ter menos de 45 anos, não era feio, a camisa branca sob um casaco verde-escuro, as calças mais para sujas, aos pés uma mochila de que escapavam pontas de roupas, um pouco de terra no rosto, que tinha uma das maçãs bem inchadas, arroxeando. "Apanhei pra caralho", murmurou, sentindo-lhe o interesse. "Apanhei, parceiro...", repetiu, agora rindo, mas o riso foi se tornando carranca e, como se estivesse para chorar, levantou-se e precipitou-se pela porta próxima de um corredor que dava para o banheiro; quando voltou, estava molhado, ensopara o casaco, metia a mão entre os cabelos, querendo penteá-los, esfregava o bigode, arregalava os olhos, procurava firmar-se. A moça da coxinha entendera que a nota que ele dera valia para a conta de ambos, trouxe um troco que ele contou, recolhendo-o na carteira, na qual enfiara suas coisas devagar e pensativamente, como enumerando-as, e, depois, abaixou-se, com um gemido, para colocá-la na mochila.

Ele agradeceu pelo pagamento, baixinho. Dulce voltava-lhe à cabeça. Lá estava ela, preocupada em lhe levar a alguma sapataria, em lhe comprar uma camisa. Tinha o dinheiro de uma pensão do ex-marido, e o apartamento pequeno não tão distante dali. Era dona de visíveis 57 anos e não se cuidava – engordava, estava sempre cansada, pegando-se a remédios, freqüentando toda espécie de esotérico – agora, com os kardecistas. Filmes na televisão, que queria que ele visse ao lado, pegando-lhe na mão. Infindáveis vezes alugar *Candelabro italiano*, *Em algum lugar do passado*, oh, reouvir indefinidamente *Io che amo solo te*, *The end*, *Que c´est triste Venise*, molhando torrada num chá muito perfumado. Uma história comprida com um sujeito de Buenos Aires – "tenho um fraco por argentino" – e com algum outro em Foz do Iguaçu. Paixões, inúmeras, nenhum homem que prestasse. Os livros psicografados, as "dulcíssimas mensagens", ai, os superlativos! Fascinada por aquelas almas que estavam sempre retornando para dar conselhos e falar das condições atrozes em que tinham morrido; aquilo dava-lhe as lágrimas que precisava. Sentia-se moralmente superior por chorar a qualquer motivo.

Ele se esforçava, fazia, no quarto, onde, apagada a luz, a iluminação vinha do forro pintado de azul-escuro com estrelinhas, mas ela ia progressivamente parecendo uma irmã mais velha e lasciva – ah, truncado, era preciso pensar em outras, mulheres de revista, o que fosse. Tinha que funcionar. Ele não podia dizer nada, que ela, afinal, não teria problemas para encontrar outro, no terminal mesmo – talvez o próprio tipo que lhe aconselhara a ficar em disponibilidade. Ele o vira outra vez, e não era que já sabia? "Agüenta, pega o jeito. Com mulheres é mais difícil, mesmo. Um dia aparece coisa melhor...", dissera, e ele sorrira prostrado, arrepiado ao imaginar essa "coisa melhor", ao constatar que o outro, embora sentisse que seu caso particular não era de capitulação, já o achava confrade.

Voltou-se para o estranho: "Você é daqui mesmo?" "Não, não, merda de cidade... filhos da puta, tudo... Sou de longe." "São Pedro", fora o que murmurara? Onde era isso? Achou-o de algum estado do Sul. Estava mais sólido, embora o ar fosse agora um pouco sonolento; pedira um antiácido, olhava com prazer a efervescência, mas olhava também para a porta da rua, ansioso, esperando?, consultava o pulso, atentava para os ônibus que paravam além da outra calçada. Não parava em seu banquinho, ia até à porta, e ele o seguia, agora curioso, agora capaz de ouvi-lo atentamente e até de gostar da voz grossa, do sotaque indefinível, como se aquilo fosse uma música estranha, fraterna. "Isso..." – o quê? referia-se às serras, a escuridão das formas altas lá para os fundos, atrás de silhuetas de palmeiras – "... paredões de presídio. Odeio. Lugar mais frio e mais desumano que este eu não conheço...", grunhia. E puxava o bigode, parecendo querer arrancar-se os lábios.

Para que ele soubesse: noite dessas, numa dessas lanchonetes ali, debaixo de luz a mais clara possível, na mesa reluzente, tivera que lutar com pelotão de baratas para engolir sanduíche; entrara no mictório e havia dois milicos pisando na cabeça de um preto no chão, ele rogando "pena, doutor, pena, doutor", enquanto os outros, bois alinhados, se aliviavam, como se nada acontecesse, "consigo mijar com meganha pondo bota no pescoço dum desgraçado junto de mim? bexiga obedece?"; os mendigos, infindáveis, que os bairristas insistem em dizer que não são daqui, que são mandados de outras cidades por adversários do prefeito, mofo, mofo, ah, o mofo dessas casas, invencível! E tem muita miséria, inveja, um horror pra quem chega, todo mundo te medindo e vendo no que pode se aproveitar de você... Isto aqui está cheio de fantasmas, de gente que se matou de raiva, de gente que se deixou atrair pela beleza e se esqueceu de entender que uma cidade é gente, não paisagem.

Para que ele olhasse: esses loucos que ficam sempre na plataforma, os ladrões, os sujeitos que nunca te cumprimentam, mesmo que te conheçam muito bem (medo que você peça alguma coisa – dinheiro, principalmente, porque veneram centavinhos), as putas muito baratas, impossível distingui-las de mocinhas de família. Doidos, um sem-fim de mulheres solitárias, de velhos enfiados em apartamentos onde morrem sem ninguém saber. "Parceiro, foi aqui que eu entendi direito o que é solidão, o que significa ser uma alma penada..." Passou a mão pelo rosto: "Tem gente que não agüenta o que eu digo..."

O que se pode fazer, o que se faz: ia para casa, melhor se despedirem agora. Não gostava da cara que se formava nele, do inchaço no rosto, da intimidade que parecia querer. "Essa coisa de se abrir, querido, você não pode: as pessoas te pegam, te massacram, só esperam uma oportunidade pra te canibalizar...", dizia Dulce, a mesma que, numa palestra dos espíritas para onde o levara, pregara rouca que a solução era a solidariedade. "Bom, sem dúvida, ela pratica isso...", rira por dentro, odiando-se, mas tendo que aplaudi-la, como os outros, ao fim. Como vingar-se? Sumindo por um tempo, recusando-se, mas ela o achava ainda mais atraente quando relutava, quando desaparecia e voltava, quando fazia no escuro para não ter que vê-la gozando.

Odiava-a, mas odiar, não há nada de estranho nisso – tinha vivido sempre em situações odiosas, posto contra a parede, por preguiça, por azar, por sentir-se grande demais para as circunstâncias que lhe eram oferecidas. Como definir-se? Tinha que suportar-se, carregar-se, conduzir avante esta coisa necessitada, escura, corpo seu, alma sua. Tão orgulhoso, ei-lo rastejando, pondo seus alguns encantos de homem de vinte e oito anos em mercado onde havia carnes muitíssimo mais jovens e chamativas.

Tornou a olhar para o homem, que estava meio pálido, notara as restrições mudas, tratara de murchar – talvez se envergonhasse do tanto que dissera, mas o caso, para ele, era não dar mais corda. Esboçou um "até". Depois, o ônibus.

Janelinha, as serras que o bêbado execrava, mas que eram, afinal, uma das razões pelas quais ficara, "desemprego, desgraça, solidão, casa no fim da periferia, mas com um belo cenário, um belo cenário...", repetira-se sempre, consolara-se. Não ia ler o livro que Dulce lhe enfiara, noite dessas, na tiracolo, e que deixara ali para que, reencontrando-o, ela notasse que ele era obediente – queria outro, o menos edificante e "espiritual" possível, algum policial. Queria dormir. Queria o quê?

Pensava nela outra vez. Quando ela dizia a palavra "desencarne", ele a achava de uma obscenidade misteriosa e mais repugnante que qualquer outra. Quando ela amuava e o criticava, chamando-o de "trevoso", "Você tem ao redor uma legião de espíritos sofredores, você nem avalia o mal que te acompanha, querido...", sentia-se de fato possuído e dava socos e pontapés no ar, espantando o demônio que fosse. A gracinha não a fazia rir, não tinha senso de humor: estava convencida de que tinha que levá-lo para a luz. Precisava sentir-se santa, para compensar-se pela abjeção que era a sua única vida possível.

Olhou para trás, o homem estava ali – mas, diabos, não o vira entrar, para que bairro ia? Voltara a beber, de novo não parava em pé, agarrava-se, fazia por não girar no apoio metálico. Vira-o também, mas, parecia claro que não ousaria aborrecê-lo com aquelas lamúrias outra vez; mesmo um bêbado sabe os limites de um ouvinte receptivo, só continuando se for mesmo um caso de desespero, se a vítima não reage de maneira alguma. "Bom, fica aí, não pensa em chegar perto...", advertiu mudamente, voltando à posição inicial.

Mas tinha que olhar para ele. Ponto após ponto, a avenida infindável noite adentro, o bairro muito longe, mais para cidadezinha independente, e seria espantoso que ele morasse lá também. Ouviu-o tentando conversar com um dos passageiros sentados – o sujeito nem o olhava – e dizer que precisava chegar logo, que tinha demorado, que havia uma filha esperando-o e que morava na rua Décio Paiva. "Sabe a Décio Paiva? Lá... Pois é...", repetia, rindo, mais para si, e o passageiro o olhava com uma censura distante, resignada. Conversava, sem precisar que o outro o ouvisse: "... rua Décio Paiva. Ela fica me esperando toda noite...". Deus, melhor ficar ainda mais quieto: era um vizinho, a rua era curta demais para que não o fosse.

Na onda de passageiros que se sucedia, entrara um grupo de adolescentes uivando, cantando um pagode, o rapazinho louro de calças bem largas, camisão, brinco e gorro parando para avaliá-lo: "Porra, tio, pingaiada, hem?", e lançando olhares para quatro outros. Riam, riam do ir e vir do corpo em torno da barra, "segura, segura, tio, se equilibra, porra, vai cair, vai cair, opa, opa!", e ele dançava, turvo, sem entender, querendo rir também, como se não fosse com ele a zombaria. Depois, o tipo decidiu: "Vamos ver se o senhor consegue ir até ali na frente, vamos ver..." – empurravam-no, empurravam-no, motorista e cobrador apenas balançando a cabeça, vigiando, talvez gostando. Ele caiu mais à frente, onde, no assento para velhos e deficientes, um cego, alarmado, brandiu uma muleta, querendo atingi-lo: "Que é isso, que é isso? Quem é? É preto? Aposto que é preto..." – ficava mais raivoso, tremia, a muleta agitando-se, ele obrigado a recuar, mas empurrado pelos quatro – "Preto, preto, é sempre assim!" – para que apanhasse. "Bate, bate no negão aqui, tio!", colocavam-no ao alcance do tato errático, da muleta incerta, rindo a estourar.

O cego era uma dessas companhias freqüentes de ônibus em que prestava vaga atenção, já o ouvira reclamar de pretos, perguntar se era algum quem fazia alguma bagunça na circular, ao que o motorista balançava a cabeça negando, rindo. Ele descia em algum ponto perto de uma fábrica de vassouras e, na trilha que a luz de mercúrio abria num bairro lateral às escuras, da janelinha ele via-o pairar entre claro e breu com a muleta, xingando todos os pretos, todos.

Os quatro se cansaram da brincadeira e ele levantou-se, limpando penosamente as calças, apalpando pontos da clavícula e do braço atingidos pela muleta. Olhava para ele – era, afinal, quem melhor conhecia ali dentro, e o olhar era de uma humildade insuportável, convicto de que nada adiantaria. Teve um desejo desesperado de erguer-se, ir lá lhe dar o ombro e aprumá-lo, fincá-lo, sentando-o direito – agora, havia mais lugares vagos. Precisava ser minimamente grato, mas não se movia. Impunha-se ler o livro imposto por Dulce, não ver.

Via o trajeto cumprindo-se, já as primeiras casas reconhecíveis de um dos bairros anteriores ao deles, sentia-se aliviado – era preciso que essa noite acabasse e que o homem desaparecesse, mas desceriam no mesmo ponto, sabia, e ainda precisaria fazer um último gesto de recusa – esquivar-se, deixar que o ônibus avançasse por outro bairro contíguo, fazendo uma volta e pingando-o lá em cima, num ponto que levaria para a sua rua também, evitando que se cruzassem. Temia que ele o notasse vizinho, temia que lhe entrasse em casa, pedisse alguma coisa. Temia não lhe recusar nada, acuado pela beleza daqueles olhos. Se lhe estendesse a mão, perderia. Mas, o que é que preservava?

Ele sentou-se, e logo atrás. Alguém agora lhe dava atenção, a conversa parecia um pouco mais lógica. Podia, queria ouvir o que a voz do bar e da frente do terminal ia desenhando, sem ver o rosto: "... sei que ela está lá, me esperando, sabe? ... Toda noite tem sido assim: se está furiosa, não acende a luz... mas, se vejo os doze quadradinhos do vitrô ficando luminosos, no escuro da casa, lá longe, ai, que bom, que bom, sei que me perdoa... E, depois, a gente pensa, não é, parceiro? a gente pensa nessa coisa que é uma filha, uma filha mocinha! cozinhando pra gente, tendo toda a paciência que ninguém tem... A casa limpa, sempre limpa, aquele cheiro de limão fresco, de lavanda, de não sei quê... A sala toda acesa, o chão encerado...” – tossia – “A mãe sumiu, você não me pergunte... Era linda. Não me pergunte”.

Entravam, finalmente, no bairro. Não saiu do lugar enquanto ele ia se levantando, arrumava a sua mochila, tornava a agarrar-se, aturdido, ao apoio metálico, e pedia ao motorista que o orientasse melhor, não via, não via bem a Décio Paiva – era aquela? Uma ladeira, outra ladeira, naquele estado, a pé, impossível.

“Ei, parceiro!”, gritou. Era com ele. Embaraçou-se. “Foi um prazer, hem?... Um prazer...”, gritou, meio rindo, erguendo o braço direito e jogando-se, mais que descendo, no ponto. O braço ainda estava lá, acenando, quando olhou para trás. Imaginou que ele já o tinha visto por dentro, pelo mais fundo, e que o tinha julgado, que dava uma risada impiedosa e plena, vingando-se. Talvez até de Dulce ele tivesse sabido, com um daqueles olhares. Conhecia a sua dependência, a sua miséria. Mas, estava se acabando – duvidoso que chegasse em casa, naqueles passos. Teria que parar muitas vezes, iria extraviar-se. Poderia desmaiar, gelar na noite. Um daqueles monturos humanos que ficam nas calçadas, pelos quais passamos evitando um olhar mais atento, desviando nossos sapatos limpos.

Com o ônibus subindo, olhou para as casas enfileiradas da Décio Paiva no plano lá embaixo – qual daquelas teria um vitrô acendendo-se dali a pouco? Permaneceu atento. Imaginou a mocinha levantando-se ao ouvir batidas no portão, um vozeirão masculino pedindo, ela procurando o comutador da sala, sonolenta, mas com um "já vai, pai" que o recompensaria. Talvez um pouco de leite quente, um pão caseiro, que devia saber fazer. A mão na ferida do rosto, do rosto que, belo assim, e assim devastado, num homem, poucas vezes vira.

Era preciso ver, naquela massa de formas escuras, uniformes, os doze quadradinhos acesos. A sala, o sinal de que ele podia entrar, de que, finalmente, era acolhido. Mas, como saber? Não saberia. Não tinha uma relação que não fosse no máximo de um bom-dia avaliador, apreensivo, com os vizinhos. Não conhecia ninguém, e se espantava desse tanto de gente que se mudava, que vinha de lugares desconhecidos e ia para outros tantos lugares desconhecidos acampando, no intervalo, com gente que tampouco chegava a conhecer em cidades às quais não teria tempo de pertencer. Amontoados num bairro, outro dos cento e vinte novos dos quais a cidade se orgulhava, como número para o Censo, sem querer saber o que eram, quem vivia neles. Sua casa, em cuja caixa de correspondência, no muro, encontrava só cobranças, era afundada em relação à rua, mal percebia cabeças, ouvia passos. Dulce achara um absurdo que morasse daquele jeito, mas não lhe dera dinheiro para mais que fazer o muro, consertar o telhado – e nem perguntava mais desse tipo de dificuldade.

Abriu o portão, aspirando um pouco do cheiro de alguma daquelas flores amarelas que pendiam de algum dos muros próximos. Cheiros, lâmpadas, vitrôs, filhas na noite. Melhor não pensar.

Pensava, no entanto. No quarto, despindo-se, pensava. A sala fora acesa, ela o perdoara, ou ele tivera que dormir na rua, no frio, daquele jeito? Não, com certeza ela respondera positivamente, ele pudera entrar. Sim, tudo bem, ele entrara, e estava lá, conversando com ela, aquecido, diante do copo de leite.

Tinha que acreditar nisso. Precisava não pensar na ironia com que dissera "parceiro", na doçura com que o quisera por perto e na resignação com que compreendera que não se aproximaria. "Foi um prazer, hem?"

Ah, não poder nada, não poder nunca fazer o gesto preciso com que, danando-se, sair de si, ganhar o outro lado, redimir-se! Olhou para o retrato de Dulce sobre a cômoda, à sua frente. Era como se ela o vigiasse para que nenhuma espécie de generosidade fosse tentada.

O homem que se arranjasse. Ele tinha que dormir.

Belmiro agoniza

Para Rosângela Vieira Rocha, em Brasília

Ele não queria dormir: dormisse, sonharia com os carregamentos a fazer e com aquela prestação de contas que teria com o patrão na qual faltava alguma coisa, número crucial, pelo que seria repreendido, talvez demitido. “Mas, calma, bem, não é assim, não há de ser nada!”, ela implorava, procurando não chorar, segurando-lhe a mão; estava achando-a fria, era óbvio que se assustava, mas continuava – “Olha, o remédio vai fazer efeito, esses pensamentos, essa bagunceira na cabeça, tudo vai passar...”

Ele olhava para a dupla como se estivesse de fora, de muito longe. Raro o pai lhe pedia alguma coisa, ajuda ou conversa: preferia que fosse chamado outro filho, o mais velho, o primogênito, que morava no quarteirão de cima. Ele se casara recentemente e se aborrecia por ter que sair de casa e ver um doente, mas vinha. A portas fechadas, conversavam, a mãe sentada ali, rezando; braços cruzados, cabisbaixo, sentia-se perfeitamente inútil e queria que isso acabasse logo. "O Celso demora muito; o que a senhora acha que esses dois conversam?"; "Xiu... Não sei. E a gente não tem que saber, viu?"

O mais velho tendo se retirado, recomeçavam as queixas: o teto ia desabar porque vigas e ripas estavam podres; o relógio do corredor fazia barulho demais e, no entanto, era preciso que a todo momento lhe dissessem as horas, que lhe repetissem qual dia era na folhinha – não acreditava na resposta e precisava tê-la na mão, conferi-la, bom, eis o mês, é este mesmo, o dia, uma quinta-feira, o número, o número... Pelos seus cálculos, pelo que o doutor dissera, mais um mês, estaria curado. Curado sim, mas, porra, por que tanta gente pregando ali perto, ali fora, aquele sem-fim de martelos batendo, fincando? "Não tem nada, bem, é cisma sua, só cisma!"; "Eu escuto, eu escuto muito bem, meu ouvido é muito bom, viu? muito bom! É prego que não acaba mais, prego, prego...". Quando não era isso, havia uma boiada passando pelo quarto, a noite inteira o tropel, as patas, "... muito, muito boi, Nena... Eu já não agüento ver tanto boi!". E a sede. E o fazer nas calças, que era quando mais chorava, de vergonha, porque ela o limpava, cuidadosa, estóica, conseguindo o milagre de não deixar o rosto acusar o impacto do fedor. Não se aproximava, nesses momentos, porque os gemidos dele lá dentro o assustavam, mas teve a curiosidade de olhar uma vez e viu o pijama arriado, as pernas magras, muito brancas, com as veias azuis nítidas, e a mãe viu-o à porta, fazendo sinais desesperados para que se afastasse. Cuidava do seu homem – do que fora seu homem – e isso era lá entre eles.

Não era assim havia pouco mais de meio ano, quando o caminhão estacionava e não havia como ignorar que ele chegava – anunciava-se com buzina de irritar o quarteirão todo, entrava à sua maneira estridente, alegre, pisando com a segurança de quem retornasse a um reino só seu, depois dos meses passados em estradas e fazendas. Chegando aos 60 anos, ainda assim vinha com aquele vigor absurdo e ele, dormindo, irritava-se, praguejava, a madrugada rompida por aquela buzina, aquele bater violento do portão, os sapatões rangendo, um grito lá na varanda porque a mãe já se atirara em seus braços e matavam saudades. Demoravam a dar-se conta de sua presença contrariada: lavava o rosto, escovava os dentes e preparava-se para a mesa do café, porque o dia, então, começaria mais cedo, já que eles ficavam conversando, as luzes acesas, mesmo ouvindo os discos de sucessos italianos, até tomarem senso. Não o ignorava, mas era muito depois de chegar que lhe dava um beijo rápido na testa, dizia um "E aí, moção? Cuidando bem da mãe?", e ele respondia com um sorriso embaraçado. O aumentativo não fazia sentido, mesmo o intimidava – mais menino, franzino para seus dezessete anos, estava longe dos modelos que ele admirava. Deixava-os entretendo-se com conversas e com Nico Fidenco no ... *granello di sabia* porque o dia estaria perdido, em casa – restava-lhe sair e buscar alguma cara conhecida pela cidade. Vantagem seria, no almoço, comer alguma das receitas inesperadas que a sua mãe faria.

Ele, monstro de sadio, de modo algum prenunciava essa figura agora inválida no quarto – onde o bichinho tenaz, vingativo, naquele quase metro e oitenta de morenice clara, poucos cabelos brancos, poucas rugas, os dentes ainda seus, com uma ou duas pequenas próteses, braços e pernas rijos de mato, carga, luta, movimento, volante?

Quando ausente, a mãe passava horas ouvindo aqueles discos e indo seguidamente à janela, sabendo ser inútil, porque ele apareceria apenas quando tivesse de aparecer; punha-se então a trabalhar com mais empenho com as freguesas de cabelo e manicure, recebendo-as ali ou indo às casas, deixando-o só com os deveres do penúltimo ano de ginásio.

Secretamente, ele tinha o mapa – dispunha-o na mesa e examinava os pontos, traçando outros, os que supunha poderem acompanhá-lo com exatidão nos trajetos que fazia longe deles, com o caminhão onde estava escrito "Xodó da Frota": aqui Presidente Prudente, acolá Mato Grosso, a fazenda Barreirão; uma estrada que talvez fosse a que usasse naquele momento; ele atravessa pontes, pára em algum posto rodoviário, conversa com guardas, desce para urinar com aquelas pisadas fortes, os sapatões imundos; há mato e mais mato, verdes que nunca acabam, o cansaço das muitas árvores sem sinal de gente, dos cerrados sob o sol; o pai na ponta de seus dedos, ele marca com lápis de cores diferentes esses lugares onde ele esteve, está ou estará na certa; ouve as conversas, sabe de tudo sobre seu trabalho, embora se creia, na casa, que ninguém é mais alheio. Guardava o mapa traçado em folha de caderno com papel de seda só quando exausto de especular, desenhar, redesenhar rotas, rodovias, escrevendo os nomes das fazendas e acidentes geográficos com letras cuidadosas, de imprensa.

Praguejava e chutava o calçamento, indo para o centro, porque se incomodava com não saber em que mundo se movia agora, crepúsculos truncados, olhares que o mediam, que pareciam entre penalizados e ávidos por saber mais notícias ruins, o cheiro do médico com sua maleta, gente que aparecia às janelas abertas com uma xeretice impenitente, enxotada pela mãe, mas reincidindo sempre, perguntas e comentários que eram como pêsames antecipados com os quais não sabia como lidar. Os amigos pouco estavam interessados nele, porque em geral ficava afastado dos esportes, medroso de expor as pernas, de ser ridicularizado pelo corpo de que não podia se orgulhar – sobretudo, nada de urinar perto de tanta argúcia para fraquezas e inferioridades e tanta crueldade impenitente. Sonhava ter quem lhe explicasse o que havia, que espécie de tormento era aquele, o que estava para perder; precisaria ser um adulto, um desses amigos que os personagens de alguns dos livros e gibis encontravam, mais velhos, bem maduros, tutelares, compreensivos, capazes de uma indulgência clarividente, sempre as palavras mais certeiras.

Não havia ninguém assim. Mas havia o bar do Vasco, numa das ruas principais. Estava aprendendo a fumar, a engolir algumas daquelas misturas ardentes, que lhe davam dores de cabeça tremendas e uma sede que nem cachoeiras saciariam, na madrugada; sabia fazer olhares duros, manter uma cara de sarcasmo e desafio diante dos freqüentadores mais velhos, não se rebaixaria, não se acanharia diante daqueles olhares que tinham no máximo uma complacência divertida com sua inexperiência.

Lá estava ela, a mulher que ia quase toda noite comprar cigarros, afrontando os tipos, que se punham alguns de pé, entre reverentes e alarmados, ou paravam o bilhar para conferir até onde iria o atrevimento; Vasco, cego de um olho, sempre mascando fumo, divertia-se com a presença e lhe entregava o maço com a mão enorme lerda, meio negaceando, meio querendo fazê-la sentir o que podia significar isso de adentrar reduto de homem; vinha costurando, em tremores, uma espécie de projeto de coragem, e agora era questão de segui-la, ignorando assovios surdos e cochichos, quando saía rapidamente para um dos quarteirões laterais. Ela dera sinais de que seria receptiva ao que ele quisesse, e queria o quê? Sabia, mas não podia aspirar àquilo – era segui-la, ouvindo os saltos finos repicando no calçamento, a bolsa balançando em seu braço, vez em quando um olhar dela para conferir se ele não se atrasava, não se perdia do caminho que lhe ia delineando. Meteu-se por uma rua mais pobre, passou por portões, cães e girou uma chave numa casa de fundos.

Que era isso? Um vestíbulo, e havia música, um toca-discos, uma luz coberta com papel de seda azul e, num canto, como que desmantelado num sofá, um sujeito magro e comprido, de cabelos bem curtos, fazendo um bico com os lábios, examinando-o, trocando com ela um olhar de entendimento. Suado, um pouco de preto escorria de suas sobrancelhas, as bordas dos olhos também se sujavam e ele afastava esse incômodo com as costas da mão esquerda, amuando. "Filho do Bel, é?", foi tudo que disse, enfadado, tirando um palito de fósforo da caixa e acendendo um cigarro com um vagar preciosista. A seguir, ajustou sua voz à da cantora do disco, de modo a parecer a mais afinada e precisa das imitações, e lançou a cabeça para trás, andando pela saleta como um manequim lânguido ou agonizante, num estupor para lá de afetado. Parecia uma exibição preparada para ele, a mulher ria baixinho e aplaudia o amigo, mas, sem conseguir sua adesão, parou.

Depois, fez sinal para que ele entrasse num quarto. A primeira coisa que fez foi pedir que olhasse para o retrato de um homem jovem, emoldurado sobre um criado-mudo. Seu pai próximo aos trinta anos. "Fui namorada dele, não sabia?"

Não encontrava o que dizer, lançando olhares para o retrato e para a mulher, tentando achar nela uma semelhança tranqüilizadora com a mãe, mas não havia: era morena, enxuta, mais conservada, abaixo dos cinqüenta, o olhar duro. Sentada na cama, quis que sentasse ao seu lado e acendeu um cigarro, "... não fica envergonhado, eu conheci muito bem teu pai, meu caro...". E o inevitável: "Me diz como ele está. O que é?". Continuava sem poder falar, trêmulo, e o quarto, o perfume, a luz, a voz do tipo – ou da cantora? – no contíguo, oprimiam-no – de modo que se lançou sobre a janela, abriu-a, olhou para fora, para outras casas, para a cidade, dali sentiu-se seguro, apoiou-se no parapeito e pôde olhar direto para ela. Mas não tinha resposta, não se sentiu capaz de descrever logicamente a doença. De modo que preferiu ouvi-la, o pouco que disse, uma espécie de monólogo sobre seu pai, sobre as muitas noites juntos, mesmo depois do casamento, sobre certas promessas – uma de dinheiro – que não foram cumpridas, mas ela não se importava – ah, não tinha havido outro melhor! Constrangia-se ouvindo-a, parecendo que a servia como ouvinte como outro homem a serviria para a cama; a passividade o esgotava, além de lhe encher de raiva do maravilhoso ausente, do verdadeiro motivo daquilo tudo. Numa altura, ela abriu a cortina de fitas de plástico coloridas para que o homem da saleta entrasse e confirmasse o que ela dizia, ao que ele concordava, lançando olhares para ele, para o filho, olhares que faziam comparações, que se detinham nos pontos infalíveis, que recordavam, que eram seguidos por sorrisos – os dois bem se compreendiam. "... também era terrível, não era, Souza?" "Oh, se era, Vina! E gozado: o menino aí não se parece com ele..." "Mais tarde, vai parecer... Olha ali, o jeito do nariz, um pouco da boca... Eu acho que vai..." O tipo manteve um ar de dúvida; ela deslizou para o criado-mudo, abriu-o e tirou dali um embrulho que lhe entregou, enternecida. "Isso era dele... Pode ficar pra você, acho que deve ficar. Sabe? esse homem enfrentou coisas, por mim, não por *ela!*", disse, resoluta, com um ódio mal disfarçado. Levou-o à porta, sempre seguida pelo homem, que fazia gestos muito semelhantes aos seus, erguia a cabeça quando ela a erguia para uma afirmação, fumava como ela, soltando a fumaça assim que ela a soltava, além de se manter como que uma parte dela (ah, era caso de compartilhar tudo!) atrás, enfiando-se, mesma pele, mesma alma. "Manda lembranças pro Bel...", um dos dois disse.

Não olhou para trás quando saiu, mas ouviu os cicios e, passado um portão, abriu o papel manilha rosa do embrulho: era um facão.

Para consolar a mãe, ele punha a mão no seu ombro, e ela lhe molhava a palma com os beijos excessivos, balbuciando "Miro, Miro, Miro...", desesperada com as evidências sempre piores da evolução da coisa. O pai estava magro demais, ossos atritando-se no pijama, e fazia à noite ruídos como que involuntários, saídos de um peito que se esforçava pelo ar e lutava nos sonhos contra patas invisíveis, de uma força aniquiladora crescente; gritava seu nome, e ela acordava já certa de que era o fim, de que era preciso suprimir aqueles sons com sacudidas, com rogos, com ternuras perfeitamente ineptas até que cessassem por si só. Fosse o que fosse, aquilo – tarântula de mil perninhas a deslizar pelo escuro viscoso e lento – o devastava com uma fúria alegre e indiferente a gemidos, com leis e caprichos ininteligíveis para uma humanidade que já não era possível reconhecer, esvaída sob a ação de sombras meticulosamente aplicadas em destruir. Ela tinha que poder, mas não podia, não podia mais, e numa tarde abraçou-se a ele, praticamente gritando: “Me pediu pra se olhar no espelho. Mas eu não vou fazer isso, não vou deixar!”

Celso se recusava a vir vê-lo – mal pisava no quarto, a sua expressão traía horror ao que estava vendo, ao cheiro que era impossível atenuar, e queria tudo da vida – a mulher bonita, jovem, um filho a desenhar-se – menos sentir tanta repulsa e culpar-se por senti-la. Ouvia o pai e saía sem palavra, ganhando o portão, montando de volta na bicicleta, aliviado pelo ar da rua, até que de novo sua presença fosse exigida e ele, terrivelmente incomodado, mas moralmente obrigado a vir, voltaria, desejando que isso acabasse vez por todas e que só lhe restasse cuidar das únicas coisas que o interessavam.

Ele pedia coisas que não podiam ser atendidas: que lhe aparecesse uma irmã há anos alheia, moradora em Andradina, para que conversassem, resolvessem pendências obscuras que agora tornavam-se urgentes, que ele podia enfim esclarecer; que fosse removido aquele maldito telhado que ia desabar logo, logo – ele via, as vigas se soltavam, as telhas estavam quebradas, convinha chamar pedreiro o mais rápido que pudessem; ainda em algum canto do quintal, não havia um filho da puta batendo prego, não o deixando dormir? por que não mandavam esse homem embora? – os bois continuavam a passar, centenas, e o barulho que aquilo fazia... Onde estavam Belo, Ramos, Vidigal? – os parceiros de viagens de caminhão sim apareceram – e Belo, risonho em qualquer circunstância, dissera que em breve estariam de volta às cachaças e ao torresmo pururuca no bar do Hermes, fazendo-o rir – se aquilo era uma risada – também. Tinham, todos, desaparecido, agora, e só ela vigiava para que tudo que pedisse fosse atendido prontamente, um rosário nas mãos, descuidada da aparência, vez que outra assistida também por uma prima, uma vizinha. Ele para quase nada valia, nunca o pai pedia que entrasse no quarto, nem mesmo para narrar uma de suas alucinações cobrando testemunho para o que via. Quando gritava, quando suas falas eram impossíveis de ignorar, esperava surpreender entre as palavras o nome de Vina, mas este nunca saía. Também, tarde da noite, oprimido pelos ruídos do peito e esses gritos, em que parecia perseguido por hordas que lhe cobiçassem a alma, ia para a rua. Devia haver algum bar aberto, na madrugada.

Entrava, agora, pelos fundos da casa, abrindo-a pela porta da cozinha, esquivando-se ao ponto do corredor onde a mãe ficava, num sofá velho, em vigília mais propensa ao sobressalto que à atenção, tombando num sono que a vencia fugazmente. Ela não estava lá, e ele queria, queria poder ficar livremente no quarto, olhando para o adormecido. Furtivo, pisou no território para o qual ele nunca o convidava. A respiração entrecortada, ele se agitava, produzindo como que um murmúrio que parecia um ronronar intranqüilo de um animal que nem a pancadas fosse apaziguado, os lençóis úmidos, manchados por coisas cuja procedência ele se recusava a imaginar. Só o relógio do corredor fazia algum ruído, e ele pensou na providência de levá-lo para a despensa nos fundos, mas, aos pés da cama, não conseguia mover-se, esperando.

Esperava o quê? Súbito, ele se contorceu energicamente, esticou os braços, soltou um urro e os olhos ficaram abertos, extraordinariamente abertos. Apavorado, ainda assim achou forças para aproximar-se, para tocar-lhe na clavícula esquerda exposta por um rasgo na camisa do pijama, para sacudi-lo: "Pai, pai, pai!", bradou. "Fala comigo, fala!", sacudiu-o mais, como se pudesse, pela força, arrancá-lo das funduras de que aqueles olhos arregalados eram testemunha. "Fala comigo, fala!"

Ele não falava, mas via. Via o quê? Algo que só se encontrava ao alcance do poder daqueles olhos. Não adiantava pedir, querer. Desde sempre invisível, ele agora o era ainda mais.

Olhou-o, olhou-o por muito tempo, até que compreendeu que tinha que forçar aquelas pálpebras para baixo, velar o estupor. Teria o resto da vida para lembrá-lo, sem nunca chegar a entender.

As vozes

Para Darcy Ladeira Dias, em Poços de Caldas

Por certo tempo, estava determinado – e eles mal ousavam esboçar uma reação de protesto, embora a rua fosse de terra e a casa não lhes agradasse – que morassem ali. Ouvira-os confabulando – a voz do homem, tão congestionada de máscula gravidade que quase se dissolvia em silêncio, modulava ordens, argumentos, que ela acatava com a sua, fina, aguda, quase ínfima – na sala fora de seu alcance, e, por aqueles sons, sabia que os arranjos finais eram decididos.

Havia conforto em que alguém cuidasse deles, fosse como fosse. Como sempre, sabia que pouco ele viria, que só iam vê-lo de passagem, pendurando o chapéu no cabide, penteando-se vagamente no oval do espelho, pedindo, impondo janta, e depois indo dormir.

O dinheiro ficaria sobre a cristaleira, no jarro que ela pintara de azul celeste, de onde ele o tirava, correndo, para ir lhe buscar garrafa de vinagre, lata de fermento, açúcar, algo que ela precisasse com urgência, que lhe pedisse a um só tempo impaciente e triste – porque ocupava-se dessas coisas, desses bolos, desses doces, para não chorar. Mas parecia também parte da determinação dele que ela fosse assim, de choro fácil, de cóleras que não se exprimiam senão com resmungos voltados para dentro, articulados sem audácia. Não estava para reclamar, agora: pois ele não autorizara que bordasse para fora, para recolher mais cédulas para o jarro?

Não, essa casa não os agradava. Consolo para ele era que, à janela de seu quarto, bem ao alcance de seus dedos, havia um pé de figo. Por algum motivo, a idéia de que os figos eram frutas de "gente bem" compensava-o do chão de tijolo batido, das janelas de um verde sujo, da vizinhança ruim, atenta a cada um de seus gestos, capaz de estranhar – e denunciar – qualquer um de seus pensamentos à deriva que se traduzisse, temerário, em ato.

Era isso: um pequeno jardim, com um incerto retângulo de grama que ela usava como quarador, o varal, os gradis baixos e apodrecidos, uma casinhola lá nos fundos, onde ele depositava suas ferramentas, uma porta sempre trancada – a chave ficava num molho que carregava à cintura. Por vezes, era ouvindo o tilintar deste, no escuro, no quarto, que sabia que ele estava chegando, e, com um arrepio, fazia-se menor, nada, nada, mancha vaga com coração batendo, na cama – não podia fazer algo que despertasse qualquer espécie de atenção do homem.

Mas, eram abençoadas essas ausências dele que tinham jeito de nunca acabarem, dias de muito sol em que, no quarador, as roupas muito bem lavadas – ela se esmerava, com a pedra de anil, em fazer reluzirem as ceroulas repugnantes – as horas eram todas suas, ou ele as acreditava assim. E lá se punha ela a cantar, "os balões devem ser com certeza/ as estrelas daqui deste mundo/ e as estrelas no espaço profundo..." ou "... em meu quarto/ ansiosa de beijos/ sufocando meus desejos...", a voz esforçando-se por soar idêntica às que saíam do rádio, fundir-se naquelas. Mas tinha que ouvi-la sempre de longe ou por trás da porta, despercebido, porque, a qualquer elogio, ela se desfazia num rubor que ficava mal escondido pelas mãos imediatamente lançadas ao rosto, e, flagrada, era uma muda. Cedendo a algum pedido, seria taquara esforçada, sem afinação alguma, nada que chegasse a parecer, como nos melhores momentos, com aquilo que, para ele, só Dalva ou Ângela eram capazes de fazer.

Chamava-o para ajudar no preparo dos doces, ele saía em busca do que precisasse, voltava com goiabas no bolso, era quem ia abrir gavetas, providenciar garfos, facas, colheres, avivar o fogo e aspirar o vapor de delícia que subia de panelas e assadeiras – agora, só para eles toda a cozinha, embora os sinais do homem sempre atrapalhassem a felicidade inteira de seus pensamentos – era empurrar, raivoso, disfarçando, as réstias do alho que ele trazia e pendurava à porta, tentar não pensar que os tachos, peneiras e os fundos sacos de amendoim, onde gostava de enfiar o braço, as latas de banha, os pés de mandioca, os cestos de carás e mesmo o casal de tuins que, na gaiola junto à porta, confabulavam, juntinhos sempre, eram coisas dele, vindas dos sítios e matos por onde passava.

Sem muita coragem para chegar ao centro, podiam andar, pela noitinha, nos quarteirões próximos. Braços dados, ele pedia para que ela parasse junto a um muro, e, dizendo para que fechasse os olhos, soprava sobre o rosto muito claro fios vermelhos – ah, tão facilmente voadores! – de esponjinhas. Os dois riam, alegravam-se de que saíssem os filamentos mínimos, mais para invisíveis, a dançar no sem-rumo da brisa.

Ele queria que os passeios nunca mais acabassem. Gostando também, ela se atrevera a um dia estender um deles, para ir à igreja. Lá dentro, muito olhada – principalmente por uma mulher de verde-claro, notória grande amiga do padre – ela agarrara firme a sua mão, pusera os olhos no chão, e, não resistindo a tantas avaliações, acabara puxando-o com violência para fora, os dois fazendo o sinal-da-cruz à saída e só respirando na rua. "Prefiro rezar em casa mesmo", ela concluiu, balançando a cabeça.

Crentes de que ele não irromperia, fazendo ranger, lá fora, o portão quebrado, a casa era inteira dos dois, e, em certas noites, ele pedindo, rogando, ela deixava que ele dormisse mais perto, no sofá da sala, de onde podia ouvir seu ressonar, suas últimas rezas – punha-se, queixo aproximado a um altar revestido de papel crepom com São Benedito e Santa Teresinha na parede, a murmurar coisas que podiam durar muito, que lhe davam a impressão de alguma música furtiva, em cuja monotonia houvesse uns paroxismos de ansiedade e de doçura, alguns pedidos que talvez fossem ordens impacientes – ela precisava, precisava da ação dos santos, não se entendia com o que lhe acontecia, o homem não aparecia e, ao aparecer, pouco explicava (por quanto tempo continuaria?), o filho não lhe crescia rápido demais, a vida não lhe escapava?

Era bom dormir ali, e, pelo meio da noite, se ela precisasse, levaria água, faria chá de cidreira, sairia lá fora para verificar se havia intruso e voltar para acalmá-la – ela tinha cismas de que a casa vivia rondada, temia principalmente pela casinhola de ferramentas: o homem não toleraria qualquer sumiço de alguma delas, ansioso e colérico com cada coisa sua: ao voltar, notava até mesmo a mudança do que era dela – uma xícara, um bibelô – de uma parte para outra da cristaleira. Mas, ele não dormia – sentia um dever de sentinela, agradava-lhe estar de olhos bem abertos, ouvindo vento, pio de caburé, ponta de latido de cão, pedrinha que caísse e rolasse pelo telhado.

E nisso foi que a voz masculina lhe passou, feito algo que atravessasse com muita pressa a sala, bem na sua orelha, como dentro dos tímpanos: "Xiu!". Era uma ordem áspera, definitiva, cheia de autoridade e escárnio. Ficou em pé, todo o corpo tomado pelo susto. Quem? Viu-se gritando, sem querer, "mãe", "mãe", e a porta do quarto se abriu, ela saiu, também assustada, muito pálida, fazendo por tapar a camisola. Abraçou-o. "Escutei uma voz, bem aqui..." – pôs a mão no ouvido esquerdo, onde o arrepio parecia estar incrustado. Os olhos dela abriram-se exageradamente: "A mesma coisa comigo... Falou 'xiu'? foi isso que ela te falou?". "Sim, senhora...". "Meu Deus!", ela sentou-se. "Escuta, vamos ficar aqui, um perto do outro, entende? Não vamos nos separar... Vamos rezar. Você me acompanha..." "A senhora acha...?" "Não acho nada, credo. Mas, rezar sempre pode ser de força..."

O dia seguinte fora de silêncios, de olhares que se lançavam, cúmplices na lembrança do que não ousavam abordar. Não tinham ouvido mais nada, depois da aproximação, depois de se fecharem ali, abrigados no sofá, em oração (para seu espanto, conseguira completar uma salve-rainha). Ela parecia querer dar-se conta, meticulosa, do que significava essa casa, do madeirame e das telhas do forro a cada canto de sala, quarto e cozinha, olhava para tudo. Não podia recorrer ao padre, para que a viesse benzer, e isso a deixava triste. "Teve morte matada, aqui. Deve ser isso. Lugar fica perturbado, minha avó dizia...", ela deixava o olhar vagueando, como se cada pormenor do visível merecesse incriminação. "Ah, eu nunca gostei, eu não queria...", suspirava, e ele, que fazer para impedir que chorasse?

Não queriam, agora, nova noite baixando, senão que ele aparecesse, e não ousavam dizê-lo, bem como não ousavam sentir sono – para disfarçar, um pouco de rádio, mais vozes – Daisy Lucidi, Paulo Gracindo, Nora Ney – para distraí-los das espessuras silenciosas que podiam romper-se à força da chegada de alguma outra, daquela, indesejável, ferina, mandona. O "xiu" tinha-lhes ficado ali, em algum daqueles esconsos – num vão das infindáveis possibilidades, sorrateiro – e seria pronunciado outra vez, quando bem entendesse, para de novo paralisá-los de medo.

Contavam-se coisas – ela, do passado na roça, anos, anos, muito antes que o homem fosse tirá-la do Barro Azul, quando o pai ficara aliviado por haver quem ainda se interessasse pela desonrada. Lembrança que ela tinha de passo-preto soldadinho, descrevia o vôo baixo, as manchas de negro, de amarelo vivo. "Desse não conheço, só do comum, do que tem aqui, na cidade... É inteiro preto", ele respondia, sôfrego em dizer do que andava vendo: noivinha nos baixios do córrego, pousada em taboa; um tico-tico-rei que, vermelho-sangue como aquele, nenhum outro; vôo de içás, que ele perseguia para uma fritada; passagem de desfile de circo na rua central, nunca vira um elefante – pareceu-lhe, fora dos gibis, demasiado escuro, como se fosse sobretudo sujo – e nenhuma mulher tão bonita como aquela de redinha nas pernas – feito Salomé Parisio, que recortara de uma revista e ela descobrira, balançando a cabeça.

Parecia herético ele lhe pedir para dormir em seu quarto, não estava certo, ela recusaria, ou talvez não – não faltava coragem para ficar cada um sozinho no seu? Conversavam muito (esse ruído essencial para que nenhum outro interviesse), mas estavam já cansados, dormiriam, dormiriam a qualquer momento, e o portão não rangera para a entrada dele, que traria à casa uma outra conformação, aquela, lógica e sólida, dos passos de proprietário.

– Você vem pro meu quarto? – ela, depois de muito pensar, perguntou.

– Vou sim, senhora... – ele precipitou-se, indo à frente e lhe abrindo a porta, como supunha que o homem fazia.

Em alarme todas as noites, esperando. Mas os dias acabavam por ter mais consistência, o terror ficara lá para trás, restrito a uma só vez, uma só noite – na claridade, ei-lo sentindo-se inesperadamente mais grave, mais adulto, precisando ir à igreja, passar por cada um dos santos, pedir para que o tormento não tomasse conta. Isso lutava nele com o menino que até ontem corria para o córrego, ia armar alçapão lá embaixo, nas ruas que já eram mato, e envergonhava-se de querer outra vez procurar a turma da bolinha de gude, do pique e da salva, decidia que tinha que ser outro, arredio.

Nunca lhe parecera que o homem ficara tanto tempo longe – se não voltasse mais, como pagariam o armazém do Audálio, o verdureiro, o bucheiro, as contas de luz e água? Ela olhava apreensiva para a jarra, ia à folhinha pendurada pouco acima da mesa da cozinha, olhava para o alto, meditava, fazia contas nos dedos. Outubro avançava, e ir até ao portão, até à esquina, gestos que repetia, já lhe parecia excessivo – porque a fazia sofrer e certamente dava o que falar. Queria atenuar a opressão de estarem sempre juntos, dependendo apenas um do outro, e, para isso, visitava alguma das vizinhas – o que era ruim, porque atraía retribuições, e, de vez em quando, ei-los forçados a fazer sala para uma italiana toda curiosa que queria examinar todos os móveis da casa, perguntava do ausente, olhava-lhe os bordados com uma inveja evidente traduzida em palpites insossos, aceitava um doce e queria mais para levar para casa. "Não é bom a gente dar atenção, mãe..." "Bem sei, bem sei... Mas, me sinto tão sozinha!"

No entanto, numa tarde, achou-a misteriosamente tranqüila, saindo com um sorriso que gostaria de entender, sob a sombrinha azul estampada de grandes flores vermelhas que o homem lhe dera. Levava colcha bordada para uma freguesa, mas estava feliz de um modo que era uma desproporção visível com essa entrega rotineira – ele tentava sentir, adivinhar, instalar-se nessa felicidade, mas isso lhe era fechado, e, como nada fosse lhe ficasse claro, ia brincar no córrego, tentar saber nomes de quantos passarinhos visse pelo mato das imediações.

Em seu quarto, depois que se recolhiam, ele de tudo fazia para banir o sono, brigar com as pálpebras. Primeiro, que não começasse a pensar, mas, como impedir-se de pensar, de querer? Abria a janela, respirava da brisa que vinha pelo pé de figo, precisava lutar com o calor – ah, outubro de árida travessia, de besourinhos pelos cantos (ela temia que um deles lhe viesse entrar na orelha), de chuvas que ficam em nuvens amareladas, sem cumprir-se! Precisava lutar com aquelas caras que se formavam no escuro dos sonhos, todas tão verossímeis, tão próximas, e ele temendo que, daquelas bocas, alguma sentença fosse proferida – não queria ser despertado com um novo "xiu". E sabia que, no seu quarto, ela também tinha dificuldades para dormir, revirava-se, abria a janela. Ouvia. As chinelas que ela punha eram muito macias, mas, ainda assim, no grande silêncio da casa que levitava, sua escuta isolada de tudo quanto fosse irrelevante, ele sentia-as como que se arrastando em seu peito, chão em que ela pisava. Furtiva, ela procurava algo que se movia lá fora. E, claro, sem possibilidade alguma de confusão ou sonho, ele ouviu, emergindo da rua, redondo e impertinente – nenhum vizinho semi-acordado o ignoraria – um assovio.

Na manhã seguinte, porém, impossível saber por que ela se mantivera acordada porque, no terreiro, deparou-se com a gaiola dos tuins tombada, só algumas penas daquelas, verdíssimas, espalhadas, entre os cochos de água e alpiste, e veio furiosa lhe mostrar. Ele tinha se esquecido de recolher o casalzinho. Gatos. Enquanto dormimos o mundo age. Penitenciou-se. Mas ela, depois da fúria, depois de lhe dizer repetidamente que temia o que ele faria ao saber da perda quando voltasse, balançou a cabeça, indo cuidar do café; não parecia disposta a inquietar-se e a sofrer longamente, como sempre. E ele considerou que poderia conseguir outro casal, com algum passarinheiro.

Estavam, agora, mais quietos, parecendo ameaçados não mais pela possibilidade da passagem de uma ordem, ventando, que lhes obrigasse ao silêncio, mas por outras tantas coisas que ela não podia dizer – ele o sentia – e que ele tampouco queria perguntar.

Longe da pequena turma que fizera na rua – ninguém de quem sentisse falta – ele dava para conversar sozinho, e entretinha-se contando para si mesmo, como se para ela fosse, o que andara vendo: passarinho dos menores, dos mínimos, que nome teria? cinzento, trêmulo, tico de vida embrulhado em penas, com um canto longo, longo, alto, de escala rica e imprevista, tão vigoroso que ficava difícil associá-lo àquele corpinho – no galho do pessegueiro; tiziu com seu pulo rítmico; papa-capim pendurado em galho de bambu, capaz de ficar nele mesmo quando o vento o arqueava; muitas andorinhas, os pontinhos negros pulverizando-se no céu, em fuga a um pinhé. Quando menino, ouvira aquele som que supunha fosse assovio do próprio saci – mas, não, era só o de um pássaro, ali chamado "peixe-frito", cantor de vastidões desoladas com aquelas duas notas monótonas, um delicado fi-fi; outra incongruência, para ele: um canto tão modesto e resumido no que era um pássaro bem grande.

Juntava o que ela já havia contado, como resposta que ele a imaginava lhe dando: coisas do Barro Azul, as aves do brejo que se chamavam com sons que eram "joão corta-pau" e "maria-angu", uma cobra de crista que lhe aparecera numa gruta, o brado com que o pai sempre a acordava: "Tá na hora de botá/ o monjolo pra socá...", a obrigação de que fosse toda manhã buscar água de mina, ainda com lamparina, para fazer o café – porque a mãe, enquanto viva, não queria mais usar da água guardada nos barris, desde uma noite em que descobrira, ao ouvir barulho incomum, que uma assombração se banhava, muito satisfeita, num deles.

Falando pouco, o rádio desligado, ela saindo mais para aquelas entregas, não lhe restava senão aprofundar-se no conhecimento da casa, esperar pela volta do homem – quem sabe não pusesse fim a tantas idéias e silêncios? –, tentar fazer com que o dia se esticasse para não ter a obrigação de recolher-se. Muito porque, numa daquelas manhãs de rostos emaranhados e acusadores, quando acordava agarrado aos ferros da cabeceira, sentiu mão lhe agarrando pela nuca e outra vez uma voz, não a do "xiu", mas outra, igualmente masculina e repleta de uma autoridade irrespondível, murmurara seu nome inteiro – ninguém o chamava assim – como se em cada sílaba houvesse uma carga de advertência, de chamado a uma responsabilidade que estava longe de poder compreender. Rezou, rezou para que aquilo se afastasse, mas o sopro, que desenhara seu nome na nuca como uma inscrição, descia para a sua espinha, enchia-lhe as costas, e era quente, abafado, como se pertencesse a um bicho de indefinida proporção. Não adiantava, não adiantava que se agarrasse aos ferros, as mãos se crispando como se quisesse, por força, anestesiar, suprimir o que lhe acontecia, porque a voz era intangível, apesar de tão concreta, mais concreta que qualquer coisa que existisse – talvez mais existente que ele. E não conseguia gritar por socorro. E, quando conseguiu se livrar – sem saber como o fizera – já estava na cozinha, engolindo quantos copos de água pudesse.

Nenhuma conversa, nenhum gesto para ligar o rádio e dar àquela amplitude de aposentos algum som que os distraísse de estarem ali, emparedados, embora tão próximos, passando um pelo outro rumo ao banheiro, dividindo mesa de janta. Embora não querendo deitar-se, ele acaba indo para a cama, ajoelhando-se, fazendo longas rezas para que a jornada de sono não lhe seja outra vez tão cheia do que teme, e lá na sala, olhando para um cuco onde o homem, por alguma razão, mandara gravar seu nome na madeira, ela também se levanta, mas para ir, decididamente, à porta da rua, onde fica algum tempo, sondando qualquer coisa que lhe possa chegar da noite.

Ele, naturalmente, não dorme, não espera dormir. Mas, talvez sim, talvez se afunde, talvez o tempo e a maciez da escuridão o enganem, talvez não saiba, a uma certa altura, com qual daqueles dois – o sonâmbulo ou o consciente – deva ficar, para sentir-se inteiro seu; apalpa-se continuamente para não perder de vista que pertence à espécie humana, para que sua conformação familiar não se perca, pensa naquelas coisas boas – o céu largo, os passarinhos, o dia, as roupas no quarador, os tempos do Barro Azul, na verdade pertencentes só a ela, o cheiro bom e protetor que os vestidos dela costumam ter – para não ser vencido pelos escuros que lhe habitam, contíguos ou gêmeos.

Muito mais tarde, ouve o assovio. Ouve o portão se abrir – ah, finalmente? – e alguns passos. Mas, avançam para dentro da casa, e não são familiares, não trazem consigo, de leve, de muito perto, o tilintar das chaves que os sublinha. Ouve coisas muito baixas, coisas que se enleiam e se correspondem, sussurros que não consegue apreender. As duas vozes – a dela, inteiramente reconhecível, muito sua, e outra – mas, essa, de quem? sim, sim, de um homem, e emite monossílabos, caquinhos opacos que ele com dificuldade consegue juntar, numa incerteza que parece indissociável da fluidez dessa hora, quando nem na firmeza das paredes é possível se fiar – talvez nem estejam lá, na sala, mas em algum outro lugar, inventado por sua necessidade de precisão, mesmo flutuante. Às duas vozes, subitamente, se sobrepõe uma terceira, bem maior e mais grave, mais conhecida. E há um tumulto, e há um nítido recorrer a um objeto, que provoca uma sucessão de discórdias, um susto, um pedido. Elas se elevam, elas se alternam, elas estão em guerra aberta. Depois, embolam-se, e parece que restará apenas uma, e ele terá que ignorar o que quer que se desenrole ali.

É preciso encolher-se, encolher-se mais e mais nos lençóis, enrodilhar-se, nada saber. Ele calado, imóvel, tudo estará melhor, ele calado, a noite seguirá seu curso, a casa voltará a ser casa, o quarto a ser quarto, o sono a ser sono – ele calado, haverá uma possibilidade de nada daquilo estar acontecendo. Já se calam, ele já não ouve nada – só o que, se aplicasse a sua atenção (o que não quer), reconheceria como a mãe numa ponta de choro, seguida de uma palavra de aceitação. Mas só ouve, só se concentra nesse recipiente de onde pode esperar apenas angústias: seu corpo. Tudo calado, a esperança é de que, colado à noite, virando o mesmo breu, a mesma espessa indiferença, nada nunca mais ofereça suspeitas, nada – exceto os passos daquele a quem a casa pertence – seja novamente ouvido.

Cavalo e sombra

Para Claudemir Bellintane, por Novo Horizonte

Noite de remoto julho, antes que nos chegasse uma chuva de granizo, tínhamos falado de Tião Celestino, lembrando. Não acreditando na solidez do telhado, minha mãe nos queria agachados, unidos, debaixo da mesa da cozinha. Zilda olhava para fora, maravilhada com aquela onda de fresco aquoso que já se fazia no ar, e, de repente, tinha lá um arrepio: – Credo, não gosto de lembrar daquilo que ele contou...

– A história do enforcado...

– Deus me defenda, eu fico imaginando a voz.

Queria garantir que não se preocupasse e punha a mão sobre seu ombro, oferecendo proteção. Embora assustado, queria que entendesse que meu dever de homem, com que eu me lisonjeava, era bem maior.

Tião Celestino. Era noite, e ele, na mureta da varanda dos fundos, a que já não vinha mais, começava com um "Me escuta...", em cujo "u" parecia vibrar toda uma escuridão em que nos afunilaríamos, ouvindo.

Também era começo de noite na vez em que, no cavalo, exaurido de conduzir e juntar boiada por dois dias, perdera-se numa região que mal conhecia, e estava para chover – fortíssimo, diziam-lhe o olho perito, os ossos habituados. Esconder-se aonde, quando o céu se desfizesse? Já se molhava quando avistou casa velha, dessas mais que justamente abandonadas, mas ainda com teto. Entrou. Era abrigo sim, e podia ficar. Então, interessado num dos pequenos quartos vazios, examinou-o. Deu com a corda amarrada a uma ripa incerta, ainda ali, e com os ossos que se mantinham, restos de esqueleto. Benzeu-se. Considerando mau sinal, era caso de esperar que o temporal passasse e depois podia, devia ir-se embora. Água cessando, foi para a porta, já pensando no cavalo. O pé se paralisou na soleira, em saída, quando veio-lhe a voz, ordenando: "Pousa".

– Ai... – soltou Zilda, a mão no peito. – E o senhor, que fez?

– Pousei, mocinha. Eu que não ia desobedecer...

Tião nos faltava, mesmo contando esses casos e alguns outros que agravavam o terror de minha mãe às tempestades. Seis a sete bois mortos por raio debaixo de árvore. O menino dos Matoso virara carvão quando, alegrinho, chutava bola de meia no pasto. A faísca torrara uma velha que coava café mansamente, manhãzinha, no Pau Seco. Era caso para que ela, desesperada, suspeitando dos azuis escuros no céu, tapando precocemente os ouvidos, vagasse pela casa cobrindo espelhos, guardando todos os talheres expostos, recolhendo tesoura e implorando para que não ficássemos com os pés no chão – todos para o alto da cama, para segui-la nas rezas com o rosário, que chacoalhava nos seus dedos trêmulos; mais tarde, que cada um atirasse uma porção de sal no fogo de lenha. Mas, queríamos, implorávamos que ele contasse. E não o tínhamos mais.

Começava porque minha mãe, agora viúva, não era mulher para um homem respeitoso ir visitar sempre. Tinha sido amigo do Moreira, nosso pai, e, este morto, a sua atitude era mais medida. Por vezes, aportava, no entanto, e deixando o cavalo ao portão ou soltando-o para que pastasse nas imediações, entrava, com rama de mandioca, cesta de ovos, dois ou três frangos abatidos, chapéu na mão, perguntando o que havia nas panelas. Mas, isso se fizera esporádico, e, como minha mãe não reclamasse da ausência – ela não escondia que havia uma boa parte de alívio em haver enviuvado e que fora criada para ter coisa melhor que o círculo de parentes e amigos do morto –, nada podíamos fazer. Eu o seguia até o portão, onde de novo montaria, esperando histórias. Prometera-me, em murmúrio, que, assim que eu estreasse calça comprida, me levaria a um lugar só para homem, "já precisa fazer uso da ferramenta". Para Zilda, dissera que daria um dos vestidos que lhe fora da mulher e passara à filha, agora casada, desinteressada do passado. Mas, o que queríamos era que voltasse mais.

Minha mãe deixava escapar que gente daquele jeito, "escura" – "bom, não é preto, é mais para roxo..." – tentava ser justa – não era confiável. Lavava e esfregava bem as mandiocas que ele nos deixava, tirando a terra sofregamente, suspirando, meio desesperada, ao enxugar as mãos no avental, como se não fosse possível descontaminar-se. Se ele ficava para uma refeição, precisava contentar-se com um canto da mesa do qual tínhamos que ficar estrategicamente distantes, mas, compreendendo, ele dizia preferir ir para a varanda, esticava-se à vontade na mureta, comendo sem pressa nenhuma e contando-nos alguma coisa de lá, pela porta bem aberta. As pernas fortes e seu corpo todo, longilíneo e enxuto, faziam com que minha mãe pensasse negativamente no morto, bem o contrário dele – baixo, gordo, avermelhado, dentes ruins, um italiano cedo envelhecido, levado pelos abusos de comida e de pouco exercício, acomodado demais a seu emprego nos Correios – os dois se juntavam e entendiam principalmente nos fins de semana, folgas e feriados, quando iam à pesca, o pai naturalmente nada mais que um seguidor passivo e admirado das ações dele, que sabia apanhar peixe como índio, avistando piavas onde ninguém supunha nada. Essa inferioridade, no entanto, ela preferia não notá-la e admiti-la, embora o fizesse constantemente: era como reconhecer que o marido não lhe servia para muito além de lhe fornecer um ordenado mensal e um corpo ávido de mesa, era reconhecer em Celestino uma grandeza incongruente com as idéias que tinha sobre esse tipo de gente, "pretos, mulatos, caboclos, sujos, minha mãe não me preparou pra esta vida de roça, e aqui é a cidade...", grunhia, tirando a cobertura de feltro do piano e pondo-se a tocar *Le lac de Côme*, a fim de patentear sua educação fina.

Quanto à cidade, enganava-se: pouco mais que uma extensão dos sítios, e alguns com seus limites já visíveis dali, do nosso quintal, entre os telhados e o mato apenas a torre de transmissão de rádio a lembrar que se estava em território urbano. Ela por vezes suspirava no quintal, onde levava seus trens de alumínio para polir e receber sol – orgulhava-se de que estivessem imaculados na prateleira da cozinha – e olhava para longe, tentando vislumbrar algo de que não podíamos fazer uma idéia: para aqueles lados, estava a estação do trem da

Douradense, de carga, que, toda manhã nos acordava, alarmados, felizes de imaginar a longa volta dos vagões, em torno da cidade, descrita pela duração do apito; era talvez o seu sonho de viajar, de que nunca desistira, mas, "o Moreira não quer, não deixa, e não gosta de sair de casa pra longe, arrumar mala, dormir em cama estranha... Ô, vida!" Tinha orgulho de tudo que pudesse diferenciar o lugar de roça ou de alguma "curritela" – assim com a luz de néon, única, posta no alto da casa São Nicolau, o campo de aviação, as ruas asfaltadas, as casas boas do centro, vista grossa para o fato de que tudo isso era uma ilhota, as coisas acabavam depressa demais em terra batida, mato, riacho e bois. Delimitara bem o seu mundo – a partir do córrego, não subia aquelas ruas que eram na verdade trilhas: dali para diante eram as cobras, as onças e a "caboclada".

Para mim, nada melhor que houvesse um mundo cujos meandros pareciam inteiramente meus, território que ela temia e desdenhava e onde eu podia fazer o que imaginasse, mas eu tinha tanto medo quanto ela, coisa que só era atenuada pelo meu guia. Era subir na garupa de Tião Celestino, e que ela não soubesse disso – tínhamos que fazê-lo lá na frente, numa curva fora de sua mirada doméstica, numa esquina onde ele me esperava. "Me leva aonde, hoje?" "Vamos no compadre Zé Cândio... Vou te mostrar umas capivaras."

Ele tinha morado em muitos lugares, de Goiás a Minas, uns tempos no norte da Bahia, ficado com três mulheres, nenhuma delas particularmente confiável, trabalhado com muitos patrões, mesmo dos bons não gostando muito, "mas isso porque nunca fui de parar, me dava um nervoso, eu queria o mundo afora", dizia, e cantarolava "Adeus, Guacira/ vou partir para a fronteira..." enquanto punha-se a me mostrar uma espingarda em cuja coronha conseguira esculpir uma cabeça de jacaré, os olhos verdinhos retirados do plástico de um cabo de escova de dente.

Estabelecera-se não na cidade, mas numas casas esparsas para além do cemitério, meio como se quisesse um acordo entre o que a filha desejava – única, tinha caprichos – e o que lhe era querido, a um pé de cair no mato, aborrecido por ter que cumprir ritos esquisitos e apartar-se do cavalo. Fora ela que impusera a cidade, "louca por moço loiro, de olho azul verdoengo...", e rápido fora engravidada por um Bonelli pedreiro.

Isso era assunto em que não se devia tocar: patente que fora uma traição, que ele tivera que se conter para não ir buscar os bagos do sujeito na ponta do facão, mas ela fizera a sua escolha; agora, cordato, aceitava que o tipo – "sem gato pra puxar pelo rabo" – fosse morar com eles, dar-se ares de dono da casa –

“Sabe beber, sabe guiar, de noite some, volta madrugada, mas, se deita com ela, e a infeliz perdoa tudo...”.

Também não estava nada bem que suas voltas pelo mundo tivessem parado, mas as costas lhe doíam, tinha umas tonturas – isso era menos confessado que notado por mim, quando um “ai” irritado lhe escapava a uma abaixada mais brusca. Mas, se refazia, e eu que lhe seguisse a procurar preás na descida do brejo. Voltávamos já para comer aquilo saído da frigideira – a carne pouca, uns ossinhos, ele imitando, para que eu risse, o pássaro joão-bobo: Tió-tió-tió-tió-tió-tió-tió-tió-tiórororé... enquanto a noite já nos rondava e rápido seria preciso voltar furtivamente para a cidade.

Mãos dadas com Zilda, saíamos para mais longe – e nem tanto, pois ela levava recado da mãe para uma costureira que morava em rua das boiadeiras, razão pela qual não me soltava: tinha medo de ser pisada, de perecer num estouro – e, para haver encanto e estranheza em tudo, naturalmente eu tinha que vê-lo, ainda que de passagem, à distância, em seu cavalo; se ia para algum confim verde, saudava-nos com o chapéu, seguia. Eu queria, empinado, que ele me visse tangendo, protegendo Zilda – coisa de nosso entendimento, de nosso orgulho. No entanto, tão pequena essa aventura:

conduzi-la por aquelas ruas, casas em cujos jardins se alternavam os resedás rosas e brancos, e sentar para esperar que ela se entendesse com a mulher, tentando descobrir nos aposentos modestos, no quintal de umas poucas galinhas, algo que me entretivesse.

Mas, a providência, dessa feita, era para mim – estava determinado que eu passaria a usar calça comprida – o que elas não me tinham dito – e a mulher, com um pano cinza e agulhas, viera colocá-lo em meu corpo, medir-me.

– Não, não vou não...

– Que é isso, mano? Coisa rápida...

Recuei, pedi água da moringa da cozinha, queria respirar, ganhar tempo, evitar as agulhas no alinhamento de minhas pernas, e queria, pálido, não parecer acovardado – o que era evidente para as duas, que odiosamente riam. Fechei os olhos e, rezando para que a mulher não me passasse pelo ponto de reação infalível, suportei o ir e vir da avaliação, das mãos muito leves, precisas, e a proximidade do rosto – ai, ela se divertia! – junto ao meu eixo. Pouco adiantava a ordem profundamente enérgica que eu dava àquilo, para que não subisse: apontava, sua lei era só sua.

Depois, esforçando-me para não falar – se falasse, acabaria chorando, o que não estava bem para um protetor –, tive que levar Zilda de volta para casa sem dar importância ao sorriso que se firmara em sua boca; em casa, deixei-a conversando com nossa mãe e retirei-me para um quarto, exaltado, triste, querendo ver, da janela, a possibilidade de Celestino emergir, do mato, com o cavalo, para que esse momento fosse também dele, para que ele o resolvesse. Eu temia, agora, o caminho para as poucas casas sempre acesas pela noitinha – e também na proximidade do cemitério – aonde ele acharia imperioso me levar, porque o prometera.

Preferia que isso fosse diluído nos nossos pequenos passeios, esperando que os ensinamentos, as muitas conversas por nada, os passos difíceis que ele dava já ao descer do cavalo, fizessem com que esquecesse a promessa. Esquecera-se dela – até porque eu me obstinava em manter as calças curtas – e de muitas outras coisas: "Me pego não conseguindo...", dizia, coçando a cabeça, quando começava a contar algo que podia ter muita importância para mim – faltavam-lhe os nomes de lugares, de pessoas. "Não tem importância, Tião..." Ele piscava, ria triste, balançava a cabeça, falsamente resignado: como não tinha? era crucial, e desistia de contar. Eu lhe pedia para repetir a história da casa velha na tempestade. Não a achava tão boa, lamentava que outra lhe andasse pela ponta da língua e não lhe viesse, desviava o olhar para o pasto, me explicava o hábito de certa ave do campo, brava em defender os filhotes, bom nem chegar perto, e contava piada de jaratataca, bicho terrível em espantar caçador com seus peidos, "nem cobra pode com essa desgraça".

As dilatadas ausências não faziam, a essa altura, uma diferença de que Zilda falasse, o que me entristecia. Embaraçava-me ao ter que sair com ela – nós dois na Casa das Rendas, onde ela escolhia aviamentos, na Casa Glória, onde apanhava tecido encomendado, e pelas ruas, onde os olhos sempre estavam em outra parte – ela era outra, secreta em relação a mim, cicios com minha mãe no quarto, ouvidos postos no rádio, onde Elvis lhe segredava: "Can't you see I love you?/ Please, don't break my heart in two..." Não quisera nem mesmo saber do vestido que ele lhe mandara por emissário, em tarde de garoa, e, embora nada dissesse, eu o sabia, eu a sentia no diapasão de minha mãe: não ia usar roupa que fora de uma mulata.

Quanto a isso, que eu soubesse: era feia a situação pelos lados da casa de Celestino – não que se interessassem, mas alguém lhes contara que ele se desentendera de vez com o genro e apanhara deste, ajudado por um companheiro, sova das mais duras, e a filha não ficara de seu lado; pior: aventava-se que quisera assim, que vivia pedindo punição para o pai, cansada daquela aversão que o velho mostrava pelo marido.

"Também, daqueles lados...", minha mãe balançava a cabeça – não havia, para ela – na geografia estrita que estabelecera para a cidade – coisa mais execrável que morar pelas bandas do cemitério, horríveis as casinhas da "Vila Cruz Credo" (como popularmente se batizara o lugar, incluindo as casas de mulheres) – de tal modo que não era de se espantar que a falta de caráter – ou de classe – ali florescesse. Mas não tinham antipatia pelo tal genro: ele lhes aparecera numa certa manhã, limpinho, camisa branca, cheirando a Lancaster, e Zilda lhe reconhecia a superioridade: "Bonitão, desperdício... Tem porte pra soldado". "Me lembra um pouco o Moreira quando moço...", minha mãe suspirara.

Restava-me o quintal. Para que a tristeza não me pegasse, lá estavam elas, as nuvens escuras, as "cabeçonas amareladas" de que ele sempre me dizia que se podia esperar temporal na certa, lá estava o vento – que de algum modo, por emanar daquelas distâncias onde o verde já se fazia azul e só se podia adivinhar mais mato, era coisa minha e de Celestino sobre a qual as duas não iam exercer domínio. Eu hostil, vasto, sem camisa, subia em goiabeira para soltar um grito como o de Tarzan, fazendo com que se soubesse lá pelos quintais vizinhos, pelas ruas, de minha existência, meus músculos, minha inteireza. E Zilda, medrosa disto e daquilo – mal podia ver mariposinha, besouro de poste – que me esperasse.

Tranquei-me em seu guarda-roupa, numa noite em que se recolhera cedo. Tinha daqueles nervosismos, que a impeliam à janela continuamente, que a tornavam amuada, irritada, enojada com cada pequena coisa, espantando-me a vassoura do sofá ou de algum outro canto que quisesse limpar, evitando olhar-me em pormenores. E dormia mal, pelos passos que eu bem ouvia de meu quarto. Posta lá na cama – eu a flagrava do meu escuro, em meio aos panos e seus rosados cheiros, pela fechadura –, levantava-se pela décima vez para tentar apanhar sono em voltas pelo quarto. Estava bem certo de sua guarda baixa quando me esmerei em voz cava, ordenando alto: "Pousa".

– Mãe!

– Pousa!

Ela deixou o quarto, pernas que lhe escapavam, e encontrou-se com os braços de minha mãe na sala. Ouvi-las lá, consolando-se, sussurrando, dava a mim, no aconchego do guarda-roupa, podendo cheirar vestidos, camisolas, blusas, a sensação preciosa: um vencedor. Tão grande era senti-la que abafava em mim o medo a me sentir, repentinamente, propenso a enforcamento, a virar ossos: intuía que o castigo podia muito bem ser o contágio.

Fora muito depois – quando o asfalto começava a chegar pelas ruas do cemitério e como que a empurrar a terra batida para fora das vistas citadinas, extinguindo as ruas boiadeiras – que eu quis ir vê-lo. Zilda nem mesmo respondera à minha proposta de que me acompanhasse para os lados da vila – mundos meus, eu que me danasse. Dias a fio sem que ela ou minha mãe me dirigisse a palavra por conta de exibição que eu lhes fizera à mesa da cozinha, engolindo cinco ovos crus; tinham batido em retirada, sem fala, tanto o nojo, e se refugiado na rua, odiando meus risos.

Eu ia devagar e, avançando, me espantava do quanto andara, do quanto a cidade se me tornara extensa, desconhecida, meus pés carregando o asfalto comigo até que – alívio – os pedaços de lama e grama, fecundos, o substituíram, e lá as casas baixas, a dele com um certo número que alguém me dera na rua. Bati palmas.

A mulher que me veio à porta tinha uma vontade evidente de explicar pouco. Medira-me: estranho haver quem gostasse do pai, mas sabia de mim, de nossas andanças, não ia pensar muito nisso. Seu homem, pouco depois, estava à porta, descascando uma laranja, olhando-a, olhando-me. "Pode ir com o Gino?" – ela me perguntou, ele mantendo-se calado. "Para onde?". "Por aí... Pai tá desaparecido..." Ela apontou-me uma caminhonete, que, mal explicando, entendi que era emprestada e o homem dirigiria.

A busca vinha se fazendo havia alguns dias. Na caminhonete, entrávamos por um largo caminho de terra, ladeado por bambuzais. "Teve muito doente...", ele foi dizendo. – "Difícil de morrer, hem? Carne forte..." – de que ele se lembrava para rir? – "Faz tempo não andava, às vezes perguntava de vocês... Bom, a perna... ia dar bicho, precisava cortar, o médico disse..." – cuspiu – "A gente é podre, fácil ver que a gente é podre, né? já na vida mesmo..." Que eu então soubesse: apesar dos esforços, do quanto ele e a mulher estavam gastando, não queria o médico, não, não ia cortar. "Roxeou, roxeou...", ele dizia, cuspindo com mais energia. Os gritos naquela cama, por Deus. Os gritos. "Então, cadê o pião, noite dessas? Sumiu, o cavalo também... Não pode ter ido longe, mas a gente não acha..." De imediato era para acreditar que a procura não tinha sistema, não levava entusiasmo.

Parou o veículo, chamou-me a um barranco para avistar alguma coisa. "Por lá também, por aquela varge, já bati tudo isso, pisando terra dos outros..."

Transtorno que o velho lhe dava, birrado com ele a vida inteira, nunca cedendo, não lhe dando gosto de pegar na alça do seu caixão – a busca negligente não era desforra? Mentia: "Tenho um dó desgraçado..." – parava para pensar um pouco – "Diva também...". Mas eu mal o ouvia. Pedi para que me deixasse mais para a frente, caminhos do Pau Seco, que bem conhecia.

Pelo começo da noite, lados de casas que já se esvaziavam – os colonos se iam para a cidade – e de mangueirões desativados, alguns últimos anus, o cheiro de bosta de boi, "u" de mugido, "u" de "me escuta", esse túnel ao fim do qual ele devia estar, fosse no escuro que fosse, cava propícia. Passar pelos pomares, espantar angolas, ouvir, de casa pequena, alguém informando que homem a cavalo, por ali, tal como eu o descrevia, não vira não senhor.

Não estava. Mas, numa amplidão, das últimas clareiras ainda com um pouco de sol, vi o cavalo, que circulava por um gramado, selado, livre. E vi, muito para longe, levado pelo cheiro, por mosquitos, o que restava para ser visto.

Esperar que chovesse, que, de uma nuvem daquelas que eu podia ver da janela da cozinha, se despejasse o granizo. Lá dentro, minha mãe se movia, orientando Zilda em algum caso de vestido, de preparo para uma festa cata-marido. Com o vento ondulando, ele me parecia trazido pelo faro de chuva: "Cheguei a ver pedra de gelo grande como berinjela... Uh, rapaz!!!". Lembrava: o granizo do alto, de um tipo de nuvem que ele bem conhecia, que vem roncando, que não cessa de roncar, "é onça gorda no céu".

Eu o revia, nos campos, nos baixios, pensava nas vastidões incompreensíveis para além dos limites que minha mãe nem cogitava de ultrapassar. De perto, tudo se reduzia, era nítido, seco, e eu teria que dizer não a essas coisas agora, eu precisava abandoná-las. Amor por essa paisagem não tinha reciprocidade – ela só era ela mesma e, sem Celestino, que acrescentaria?

Eu tinha que atravessar, atravessar. Mesmo ele, era preciso atravessá-lo, esquecê-lo. E, noite alta, não podia. Ainda, dentro do meu sono, lá estava, guardando algum limiar, mourão de porteira à beira do escuro mais completo. Posto em meu caminho, a cavalo, tirava o chapelão e apontava-o para o alto, para um ponto que determinara bem, que estava muito definido – mas já não tinha fala que a ele correspondesse e eu não o podia enxergar.

ESTA OBRA FOI COMPOSTA
PELA IN DESIGN, EM GARAMOND
E IMPRESSA PELA IPSIS GRÁFICA E EDITORA
PARA O INSTITUTO MOREIRA SALLES
EM NOVEMBRO DE 2004.